나의 가족 이야기

나의 뿌리와 울타리

홍
승
표

지
음

나의 가족 이야기

나의 뿌리와 울타리

홍승표 지음

한누리미디어

내가 국민학교(초등학교)를 마치고 중학교 2학년 들어갈 무렵에 여객선 선장을 하시던 아버지가 연로하신 할아버지 때문에 퇴직하고 집으로 돌아오셨다. 그 시기가 4.19혁명 이후라서 사회가 많이 혼란스러웠고 가난 속에 사는 국민들의 불만이 표출되는 분위기였다. 조선말에 낡고 병든 사회가 남아 있는 데다 일제강점기 시대의 분열된 민심이 6.25 한국전쟁을 겪게 되면서 더욱 예민해져 있었다.

날마다 데모가 일어나고 항의하고 파괴하고 난장판이었다. 학교도 마찬가지다. 공부할 생각은 않고 데모할 생각만 하고 데모 명분 만드는 것이 학생회의 일이었으니 말이 아니었다. 나도 당시에 반장이었으니 당연히 한 몫할 만한 위치에 있었다.

매일 밤 어른들 잠들 시간쯤 모여 작당하던 곳이 우리 집, 내 방이었는데 아버지가 유심히 보셨던 모양이다. 어느 날 하루 저녁에 나를 불러 아버지가 생각하시는 시국에 대한 여러 가지 이야기를 하시면서 경거망동하지 말고 열심히 공부하라는 원론적 얘기 끝에 느닷없이 도깨비 이야기를 하시는 것이었다.

어느 마을의 이야기였다.

언제부터인가 도깨비가 자주 나타나 마을 사람들을 골리고 괴롭혀서 골치가 아팠다고 한다. 이 도깨비는 두 사람 이상이면 도망가기에 반드시 한 사람이 상대해야 하는데 마을 사람들이 모여 의논했지만 별 방법이 없었다. 그러던 차에 힘 좋고 의협심 많은 마을 이장을 꼬드겨 결국 도깨비를 상대하게 만들었다.

그래서 마을 이장이 도깨비 귀신을 혼내주려고 산을 올라가기 시작했다. 한참 올라가는데 어떤 사람이 내려오면서 어딜 가느냐고 물었다. 그래서 내가 이러 이러한 놈을 찾아가노라고 했다.

그런데 뜻밖에도 내가 그 사람이라고 한다. 이놈 잘 만났다 하면서 힘센 이장은 권투의 훅 한 방을 날리고 비틀거리는 녀석을 바디로 쳐서 통쾌하게 마무리했다.

그리고 목을 조르고 타고 앉아서 너 이놈 죽고 싶으냐고 물었는데 살려달라 하면서 매일 아침 10만원씩을 마루에 갖다 놓겠다고 애원했다. 계산 빠른 이장이 한 달에 300만원 받고 마을 사람 괴롭히지 않으면 꿩 먹고 알 먹고 됐다! 알았다고 하면서 풀어줬다. 도깨비 녀석, 쏜살같이 도망가 버렸다.

이장은 몸 한 번 잘 풀었을 뿐 아니라 마을 사람들한테 자랑거리를 생각하니 입이 귀에 걸리고 어깨에 힘이 들어갔다. 자기가 생각해도 꿈인가 생시인가 싶을 정도로 맨주먹으로 천하의 도깨비를 때려눕히다니 '내가 진짜 센가 봐' 하면서 대견해 하였다.

산에서 내려와 마을 사람들에게 밤 깊도록 자랑하고 이제는 도깨비의 괴롭힘 없이 살게 되었다고 자기 자랑을 실컷 하고 집으로 왔다. 하룻밤 자고 아침에 일어나 보니 마루에 알토란 같은 돈 10만 원이 놓여 있지 않은가. 그 다음 날도 새 돈 10만 원이 놓여 있어 기분 좋게 하루를 시작했다.

그런데 셋째 날부터는 돈 놓던 자리에 아무것도 없이 비어 있었다. 어찌 된 일일까? 며칠을 기다리다 이장은 드디어 이 자식을 작살 내야겠다고 마음 먹고 다시 산에 올랐다.

나의 매서운 주먹맛을 또 한 번 보여주겠다며 두 주먹을 불끈 쥐었다. 산중턱에서 그 녀석을 만났다. 그래서 근사하게 한 방을 날렸는데 잽싸게 피하면서 이장의 허리를 잡고 번쩍 들어 내동댕이쳤다. 그리고 멱살을 잡고 목을 눌러 죽이려고 하였다. 졸지에 당해 정신이 혼미해진 이장이 죽을 때 죽더라도 이유나 좀 들어 보자고 거꾸로 애원했다.

"지난번에는 나에게 꼼짝도 못했는데 지금은 어떻게 이렇게 힘이 세어졌냐?"

"지난번에는 마을 사람들의 정의를 위해 그랬지만 이번에는 너의 욕심 때문에 그렇다."

이 짧은 이야기에 많은 내용이 내포된 아버지의 이야기라 감명적이었다. 가방끈이 짧으셨지만 시간 나는 대로 책을 읽으시고 사회생활을 하시면서 보고 듣고 경험하신 것들이 많아 세상 이치를 잘 알고 계셨는데 그 중에 큰아들인 나에게 마음먹고 하신 이야기라 생각되었다.

천방지축으로 날뛰는 아들과 아들 친구들이 걱정되었을 것이다. 사람은 분명한 철학이 있어야 행동에 힘이 있고 존경받는 사람이 된다는 뜻으로 깊이 새기게 되었다.

새로운 책 한 권을 쓴다면 어떤 책을 쓸 것인가? 지나온 삶을 살면서 어떤 삶을 살았고 앞으로 어떤 삶을 살 것인가? 이런 화두를 던져놓고 보니 아버지를 비롯한 주변 사람들의 이야기가 생각났다.

근면과 노동이 제일 중요한 가치이고 시골 촌부라도 좀 더 나은 생활을 위해서는 책 읽는 공부만큼은 게으르지 말아야 한다는 아버지의 방침 때문에 비교적 가방끈이 긴 아들이 되었지만 별로 보답하지 못하고 말았으니 지하에서 무슨 말씀을 하실까 송구할 따름이다.

이제 나의 뿌리가 되는 내 고향 남해와 남향홍씨 이야기를 시작으로 나의 아버지와의 대화 내용을 비롯해서 내 가족 주변의 이야기, 소위 나를 지탱해 온 나의 울타리 이야기를 풀어보고자 한다.

차례

제 *1*장

내 고향 남해와 남양홍씨

01

내 고향 남해

　나의 고향은 우리나라에서 네 번째 큰 섬인 남해도이다. 남해는 크게 본섬과 창선도로 구성되어 있고 행정구역은 경상남도 남해군이다.

　교통편은 크게 남해대교와 창선삼천포대교를 통해 남해고속도로와 대전통영고속도로로 연결된다. 남해대교가 우리나라 최초이자

동양 최대의 현수교라는 명성으로 지난 30년의 영광을 누렸고 이어 삼천포 창선대교가 3개의 섬과 4개의 다리로 조화있게 연결되어 '다리박물관' 으로 불리는데 '한국의 아름다운 길 100선' 에 뽑혔고 영예의 대상으로 선정되었다.

남해는 아름다운 자연과 산물 등 모든 면에서 보물섬이다. 이웃 동네 사천시는 '항공우주도시', 고성군은 '공룡화석도시' 를 캐치프 레이즈로 내걸고 있는데 남해는 독특하게도 스스로 보물섬이라고 자랑한다. 보물섬은 남해가 조상 대대로 물려받은 천혜적인 섬이라 는 뜻도 있어 이곳에 사는 사람들은 보물을 간직한 듯 살아야 하고 이곳을 찾는 도시민들도 보물을 대하듯이 기쁜 마음으로 쉬다가 가 는 곳이라는 뜻이기도 하다. 의미를 크게 확장하면 미래의 주인공인 남해의 어린이를 비롯하여 이곳에서 생산되는 농축수산물에 이르 기까지 모두 보물처럼 소중한 것들이 된다는 의미일 것이다.

지족해협의 죽방렴과 물건리의 독일마을

창선삼천포대교에서 출발해서 남해 방향으로 가보자. 자동차로 15분쯤 달리면 창선도와 남해 본섬을 잇는 다리, 창선대교가 나온 다. 남해 창선도는 모두 68개로 이루어진 남해도의 크고 작은 부속 섬 중에서 가장 큰 섬이다. 두 섬 사이의 해협을 지족해협이라 하는 데 이 해협의 물살은 전국에서 3번째로 세다고 한다.

창선대교는 지족해협에 가로놓여 양쪽을 이어 주는 길이 440m의

다리로서 1995년에 다시 개통되었다. 우리 고향 집은 지족1리 와현 마을로 이 다리 한가운데서 직선거리로 1시 방향 약 500m 거리에 있어 가깝다.

창선대교에서 내려다보면 이곳 지족해협에 그 유명한 원시어업 죽방렴 어장이 20개 이상 곳곳에 설치되어 있다. 빠르게 흘러가는 물살을 이용하여 수심이 얕은 곳에 대나무를 세워 만든 고기 함정이 죽방염(竹防廉)이다. 그 구조를 살펴보면 V자 형태로 물고기를 유인하는 양 날개를 설치하고 맨 끝에 고기를 몰아넣은 직경 5~7m 정도의 둥근 발통을 만들면 된다. 양 날개에는 길이 10미터 가량의 참나무 장목으로 촘촘히 박는데 요즈음은 철강으로 된 H빔을 이용하여 공사한다.

둥근 발통 둘레는 쪼갠 대나무 발로 둘러 고기가 빠져나가지 못하

게 한다. 고기들이 조류를 따라 흘러들어와 발통에 갇히게 되면 큰 잠자리채같이 생긴 쪽대로 거둬들이면 된다. 이것은 어찌 보면 몹시 원시적인 방식이라 할 수도 있지만 여기서 잡히는 멸치가 색깔이 좋고 신선도와 맛이 최상급이라 가격이 매우 높다. 지족해협을 남해사람은 손도라고 부른다.

손도의 해산물은 유속이 빠르고 청정 해역이라 여기서 잡히는 바지락, 개불, 해삼, 미역 등 해산물과 감성돔, 뽈락, 놀래미, 밀징어 등 생선도 맛이 좋아 찾는 사람이 많다. 물론 죽방렴에서 잡히는 멸치가 제일 인기가 있고 현지에서는 죽방렴에서 잡힌 잡어도 한 값 더 받는다.

아무튼 죽방렴은 아들 딸 대학까지 보내는 이 지방 어장인의 보고인 셈이다. 나도 우리 아버지가 죽방렴 어장을 하셨기 때문에 자식들을 모두 공부시킬 수 있었다고 생각한다. 그래서 죽방렴에 대해서 잘 아는 편이다.

창선대교를 지나면 지족마을 삼거리가 나온다. 여기서 오른쪽으로는 1㎞ 정도에 남양홍씨 집성촌을 거쳐 남해읍으로 가게 되고, 왼쪽으로 가면 차로 15분 거리에 물건리 독일마을이 있다.

독일마을은 남해군에서 택지를 조성하여 독일에서 수고한 간호사와 광부들에게 싼 가격으로 분양하여 조성, 계획된 마을이다. 이곳은 전통적인 독일 표준모델을 선정하여 그에 부합한 주택을 짓게 되어 있으며 자재 역시 독일산 자재가 사용된다.

남해의 아름다운 자연환경을 최대한 살려 기존 나무와 바위, 연못 등은 가능한 한 그대로 두고 곡선 형태로 디자인되었다. 대부분 동

향으로 건축되었기 때문에 아름다운 일출과 방풍림, 바다 풍경을 감상할 수 있다. 이곳은 독일식 민박 및 문화체험, 독일어 전용캠프 그리고 젊은이들을 위한 독일 맥주축제 등을 통하여 한독간에 문화 교류를 넓히는 장으로 이용되고 있다. 물건리의 방풍림은 우리나라에서도 이름난 경치를 자랑하고 있는 곳이다.

이곳이 바로 우리 외갓집 동네이고 독일마을 부지 일부가 외가의 땅이었다. 우리 어머니가 자라서 시집간 친정집이 독일마을에서 직선거리로 100m 정도이고 나도 어릴 때 가끔 다니던 곳이라서 감회가 새롭다. 독일마을을 뒤로하고 해안도로를 따라 조금만 가면 은점 마을의 우측, 초등학교 폐교 자리에 이국적인 외양을 띄고 산뜻하게 자리 잡은 건물이 있다. 기존의 폐교건물을 예쁘게 리모델링한 것이 해오름예술촌이다.

입장료를 내고 들어서면 1층 입구 왼쪽 복도에는 어린 시절의 추억을 되새기는 옛날 생활용품과 농기구 등이 전시되어 있고, 2층에는 재활용품을 활용한 창작품들이 장식되어 있다. 이곳 해오름예술촌의 설립자가 정금호 촌장이다.

25년간 교직생활을 하다 물러난 이후 전 재산을 투자하여 예술촌을 만든 정 촌장이 내 친구다. 중학교 동기동창이고 먼 친척이기도 한데 항상 성실하고 아이디어가 많더니 폐교된 초등학교 건물을 멋진 관광자원으로 개발하여 여러 사람들에게 기쁨을 주고 있었다.

금산의 절경과 보리암

보물섬 남해의 해안도로를 따라 일주하는 코스는 송정해수욕장을 지나 상주해수욕장에 이르면 일단락된다. 상주해수욕장은 남해안에서 가장 아름다운 해안중 하나로 꼽힌다. 2km에 걸친 백사장이 은가루를 뿌린 듯이 부채꼴로 펼쳐진다.

남쪽 바다 위에 떠있는 조그마한 섬들, 그리고 뒤편 금산의 절경과 조화를 이룬 이곳은 진작에 한려해상국립공원으로 지정되었다. 웅장하게 펼쳐져 있는 금산을 오르려는 사람들은 해수욕장 뒤편으로 올라가 땀을 약간 흘리고 나면 곧바로 쌍홍문을 지나 보리암으로 성큼 다가설 수 있지만 등산객이 아닌 대부분의 관광객들은 서쪽으로 한참 돌아서 앵강고개를 넘고 복곡저수지를 지나 자리하고 있는 셔틀버스 주차장을 이용한다.

남해는 금산 38경 비단자락(비단산, 錦山)을 품은 섬이다. 남해도에 들어가서 금산에 오르지 않고 나온다면 남해를 보았다고 할 수 없다고 한다.

옛 유배객이 일점선도(一點仙島)로 비유했던 곳이 남해라면 최고 명승지는 금산이라 할 것이다. 금산은 해발 700m 가량의 그다지 높지 않은 산이지만 조물주의 손길로 빚어 놓은 듯 온갖 기암괴석과 삼림이 적당하게 어우러져 각각 제자리를 찾아 서른여덟 신선경을 이루었다.

금산에는 유명한 전설이 있다. 본래 이 산의 이름은 보광산(普光山)이었다고 한다. 금산, 즉 비단산으로 바뀌게 된 것은 조선 건국자인 이성계와 관련 있는 설화가 유명하다. 전설에 의하면 이성계가 백두산에 들어가 기도했으나 산신은 이를 받아주지 않았다. 그래서 지리산으로 갔으나 그곳 산신 역시 받아주지 않아서 마지막으로 찾

은 곳이 보광산이었다.

　그 때 그는 자신의 소원을 들어주면 나라를 세운 후 보광산 전체를 비단으로 덮어 주겠노라고 약속했다. 백일기도를 마치고 왕조 창업의 뜻을 이룬 이성계는 보광산신의 은혜에 보답하고자 하였으나 그 막대한 비용에 엄두가 나지 않았다.

　이에 신하 한 사람이 이름만이라도 비단산, 즉 비단 금(錦)자와 뫼산(山)자를 붙여서 금산(錦山)으로 하자고 제안하여 흔쾌히 받아들여 개명되었다고 한다.

　금산에는 보리암이 있다. 이 절은 창건 당시 산 이름과 같이 보광사였으나 조선 현종 원년(1660년)에 절을 왕실의 원당(願堂)으로 삼으면서 이름도 보리암으로 바뀌었다고 한다.

　보리암 절 아래쪽 탑대의 삼층 석탑은 가야 김수로왕의 부인인 허황옥이 인도 아유타국에서 가져온 불사리를 봉안하기 위해 원효대사가 세운 것이라 전해지고 있다. 금산의 보리암은 우리나라 3대 관

음성지 중 하나이다. 관음성지란 자비와 지혜를 상징하는 관음보살을 모신 사찰 가운데 기도의 영험이 있다고 알려진 사찰을 말한다. 보리암 외에도 강화도 보문사, 양양 낙산사가 포함된다.

그리고 보리암은 불자들이 좋아하는 우리나라의 3대 암자 중에도 들어가는데 남해 금산 보리암, 낙산사 홍련암, 여수 돌산 향일암이 그곳이다. 절의 규모는 크지 않지만 불교 종단뿐만 아니라 신도들에게도 비중 있는 사찰로 인기가 높다고 한다.

이순신의 혼이 서린 곳

한편 남해는 우리가 존경하는 성웅 이순신의 혼이 서린 곳이다. 남해섬 주위의 바다는 충무공 이순신의 발자취를 그냥 지나칠 수가 없다. 한려수도 어느 곳이나 장군의 숨결이 닿지 않은 곳이 없지만 임진왜란 이후 첫 해전인 옥포해전을 치를 때부터 마지막 해전인 노량대첩에 이르기까지 23전 23승의 이순신과 조선 해군은 남해섬의 동서남북을 누비고 다녔다.

남해도가 이충무공과 관련지어 가장 유명하게 된 것은 바로 정유재란의 마지막을 극적으로 장식했던 노량해전 때문이다. 1598년 8월, 도요토미 히데요시(豊臣秀吉)의 죽음으로 7년 전쟁을 마감하고 철수하게 된 왜군은 남해안을 무사히 빠져나가고 싶었다. 이에 전남 순천의 왜성에 주둔하고 있던 조선 침략 선봉대장 고니시 유키나가(小西行長)는 조명연합군의 해군제독 진린에게 뇌물을 주면서까지 바닷길을 열어 달라고 간청했다.

그만큼 이순신의 조선 해군이 두려웠던 것이다. 하지만 이순신 장군은 오히려 진린을 감동시켜 설득하였고, 마침내 11월 19일, 고니시 부대를 구하기 위해 사천만으로부터 출동하여 서쪽 노량 앞바다까지 진출한 시마즈 요시히로(島津義弘)의 왜선 500여 척을 불사르거나 수장시켜 버렸다.

조명 연합함대는 150척. 이순신 장군은 손수 북채를 쥐고 군사를 격려하다가 유탄을 맞게 되었다. "바야흐로 전투가 시급하니 삼가 내 죽음을 알리지 말라"는 유명한 말을 남기고 전사한 곳이 바로 관음포 앞바다였다. 노량 앞바다에서 전투가 끝난 뒤 충무공의 시신은 잠시 관음포에 모셨다가 남해 노량 언덕으로 옮겨지고 고향인 아산 땅으로 이장되기 전까지 6개월 동안 매장되어 있었다.

하동쪽에서 남해대교를 건너면 바로 왼쪽의 조그마한 나무숲 사

이로 사당이 보이는데 이것이 장군을 모시는 사당인 충렬사이다. 사당 뒤편에는 장군의 시신이 묻혀 있던 흔적이 오늘날에도 가분묘 형태로 남아 있어 위대한 장군의 넋을 기리고 있다.

유배문학의 산실

남해하면 또 하나의 특징은 역사적으로 유배의 섬이었다는 점이다. 고려시대 이후 정치적인 이유로 중앙에서 밀려나 죄인이 된 귀족들은 주로 서해와 남해의 커다란 섬으로 유배되었다.

죄인을 섬으로 유배 보내는 이유는 무엇보다도 죄인을 감시하기 쉬워서 현령이나 현감이 불필요한 업무로 시달리지 않아도 된다는 것이었다.

왕족들은 수도인 개성이나 한양에서 강화도, 교동도 등으로 보내져 감시를 받았지만 기타 관료들은 제주, 거제, 남해, 진도와 같이 중앙의 행정 지배력이 어느 정도 미치면서도 멀리 떨어져 있는 섬들에 유배되었다.

그런데 남해는 지리적으로 중앙에서 멀리 떨어져 있고 교통이 불편한 섬이었음에도 불구하고 고려와 조선의 유명인물과 관련된 흔적이 오늘날까지 많이 남아 있는 것이 특징이다.

고려시대 유배인물로 남해와 관련하여 주목할 만한 사람은 백이정(白頤正, 1247~1323)이다. 우리나라에 성리학을 들여온 최초의 인물인 안향(安珦, 1243~1306)의 제자로 충렬왕 때 과거에 급제하여 고위관리가 되었으나 당시 원나라에 예속되어 있던 왕실과의 불화로 유배되었다.

남해군 이동면 난음리에 난곡사(蘭谷祠)라는 사당이 있는데 이곳이 바로 백이정 선생이 배향되어 있는 곳이다. 선생은 유배기간이 끝나고도 난곡사 부근에서 말년을 보내며 여생을 남해인으로 살다가 남해 땅 평산에 묻혔다고 하며 사당 경내에는 선생이 심었다는 회화나무가 아직도 살아있다.

조선 중기 남해에 유배된 관료 중 특이할 만한 인물은 '화전별곡(花田別曲)'이라는 경기체가를 지은 자암(自菴) 김구(金絿, 1488~1534)이다. 화전은 남해의 옛 이름이라 하니 '자암집'에 실려 있는 이 노래는 남해의 풍광에 대해 현재까지 전해지는 것 중 가장 오래된 기록이고 주옥 같은 가사이다.

가없는 저 하늘 끝없는 지평선에

한 점 신선이 사는 섬,

왼쪽은 망운산, 오른쪽은 금산

그곳은 봉내와 고내가 흐르네.

산천 수려하고 호걸 남아 많이 나서

인물도 번성하는구나

아, 하늘가 좋은 곳 그 경치 어떠한가

풍류 주색 즐기는 한 때의 인물들이

아, 나까지 몇 분이나 되었던가

    남해에서 유배생활을 한 사람 중 제일 유명한 인물은 역시 서포 (西浦) 김만중(金萬重, 1637~1692)이다. 서포는 당대에 뛰어난 학자이자 노련한 정치가였지만 오늘날 그를 기억하는 사람은 대부분 한글소설 '구운몽' 같은 문학 작품 때문이다.

그는 조선 중기(숙종 때) 명문사족인 광산김씨 출신으로 매우 유망한 인물이었지만 당쟁의 소용돌이에 휘말려 시대의 희생양이 되어 남해로 유배된 것이다.

서포의 유배생활은 더욱 참담했다. 한양 천리 바다 위 남해도 모자라 다시 남해도에서 1㎞나 떨어진 섬, 노도(櫓島)에서 외로이 살아야 했기 때문이다. 그는 이곳에서 유복자인 자기를 키운 어머니의 부음을 들어야 했으며, 또 끝내 자기 자신도 이 조그만한 섬을 빠져 나오지 못하고 숨을 거두고 말았다.

그런데 중요한 것은 서포 김만중이 이곳 노도에서 지낸 3년 동안 우리 국문학사에서 빼놓을 수 없는 작품, '구운몽'과 '사씨남정기'를 지었다는 사실이다. 전자는 평생을 남편 없이 고생한 어머니를 즐겁게 해드리기 위해 지은 것이고, 후자는 왕비 인현왕후를 저버리고 후궁 희빈장씨에게 마음을 빼앗긴 숙종을 풍자한 내용이다. 이 두 작품이 모두 당대에 베스트셀러가 되었다고 한다.

서포와 동시대를 살았으며 똑같이 남해로 유배 온 또 다른 유명 인물은 바로 약천(藥泉) 남구만(南九萬, 1629~1711)이다. 약천은 남해에서 유배 생활을 할 때 가장 높은 산인 망운산과 금산을 모두 올라가 보았는데 두 산의 등산기를 지은 한시(漢詩)는 남해의 빼어난 진경(眞景)을 실감나게 묘사한 명시라고 감탄한다. 사실 약천 남구만은 우리에게 잘 알려진 시조 한 수가 있어 매우 익숙한 사람이다.

동창이 밝았느냐 노고지리 우지진다
소치는 아이는 상기 아니 일었느냐
재 넘어 사래 긴 밭을 언제 갈려 하나니

조선 후기, 영정조시대 유배된 인물 중 '남해견문록'을 쓴 사람이 있다. 다소 낯선 인물이지만 유의양(柳義養, 1718~1788)은 남해에 도착해서부터 그곳에 머물면서 보고 듣고 느낀 점, 특히 섬의 지세, 산물, 풍습, 언어, 미신 등 각 방면에 걸친 내용들을 상세하게 기록하여 책으로 남겼다. 자세하면서도 자연스럽게 묘사하고 있는 이 책은 유배를 끝내고 서울로 돌아가 지었다고 한다.

지난 1991년 남해군에서 '유의양기념관'을 건립하는 과정에서 그 원본이 국립도서관에 소장되어 있다는 사실이 확인되어 200년 만에

그 내용이 알려지게 되었다.

이러한 인물 이외에도 남해에는 고려와 조선조에 이르는 기간 동안 약 30명 가량의 명사들이 유배생활을 했던 흔적이 있다. 그 명사들의 글 가운데는 주옥 같은 작품들이 많이 있다. 이에 남해군은 국문학 발전에 선구적인 역할을 해 온 유배문학을 체계적으로 연구하고 홍보한다는 목적으로 '남해유배문학관' 건립을 추진하는 한편 상주면 노도를 '문학의 섬'으로 조성한다는 계획도 구체화하였다.

지금까지 설명한 바와 같이 내 고향 남해 이야기를 소개해 보았지만 짧은 지면으로 모두를 설명하기는 어려웠다.

남해의 수려한 자연환경에 반해 진시황의 사신 서불이도 주저앉을 뻔했다는 전설도 빠졌고, 역사적으로 영험 있다는 사찰 용문사 이야기도, 팔만대장경을 만든 무명 장인의 불심도, 다랭이논에 배어 있는 고달픈 농심도 그려내지 못했다.

　이보다도 풍경과 전설만 쫓으며 지나치기에는 너무도 소중한 선
인들의 숨결과 자취가 배어 있는 보물섬의 내면은 더더욱 근접하지
못한 점을 송구하게 생각할 따름이다.

나의 뿌리 남양홍씨

남해가 내 고향이 된 것은 우리 조상 덕분이다. 우리 남양홍씨네가 이곳에 정착한 시기는 조선 중엽인 것으로 기록되어 있다.

아마 이 시기에 임진왜란과 인조반정 그리고 병자호란, 전쟁과 정변을 겪으면서 젊은 선비들의 가슴에 큰 상처를 남겼을 것으로 보인다. 그래서 산 좋고 물 좋은 곳으로 낙향하여 은둔생활을 하는 선비가 많았다고 하는데 우리 선조도 그런 분위기에서 남해를 찾았을 것으로 추정된다.

남양홍씨의 남해 정착

기록에 의하면 남양홍씨 입남조 홍중학(洪仲鶴) 선생은 남양홍씨 23세손으로 학식이 높고 도량이 넓은 인물로 알려졌다. 산청군 오부면 중산리에서 남해군 삼동면 수장포 마을을 찾아든 시기는 대체로 조선시대 인조 25년(1648) 경이라고 한다.

마을 앞이 탁 트인 푸른 강진해가 펼쳐지고 그림 같은 선북섬이

바다 위에 떠 있고 동네 앞에 제법 넓은 논, 밭이 있는 조용한 해안 마을이다.

참으로 책 읽고 후학을 가르치기에는 안성맞춤이고 15가구 정도가 오순도순 재미있게 살 수 있는 작은 마을이라는데 매력을 느끼고 터를 잡았을 것으로 생각한다. 입남 선조이신 홍중학 어른 이후 후손들이 번창하면서 유망한 인물들이 많이 배출되었고 집성촌을 이루었다. 4세대가 지나면서 남해 수장포는 점차 포화상태가 되어 인근 와현마을로 진출하여 또 다른 집성촌을 만들었다.

이곳이 나의 고향 집, 남해군 삼동면 지족1리 와현마을이 있는 곳이다. 전술한 바와 같이 바로 앞에 지족해협, 손도 바다가 흐르고 저 건너편에 창선대교가 물 위에 떠 있다. 여기서 내가 태어나고 중학교까지 얼마나 재미있게 지냈는지 모른다.

지금 생각하면 꿈같은 시간들이 아니었나 싶을 정도로 내게 소중한 시기였다. 현실은 가진 것 없는 가난한 농촌 생활이었지만 마음은 넉넉하고 인정이 흐르는 우리 일가친척들이었다. 그리고 혈연관계를 중시하는 분위기에서 자랐고 이에 대한 가정교육이 엄격했다. 나는 남양홍씨 34세손 홍승표(洪承杓)이다. 표(杓)자 항렬. 어릴 때 나의 조부가 증조부의 장수비결에 대한 삼다(三多) 얘기, '많이 먹고, 많이 일하고, 많이 웃으라' 고 말씀하셨다는 기억이 어슴푸레 떠오른다.

나의 증조부는 재(在)자 상(相)자 31세 재(在)자 항렬, 조부는 종(鍾)자 안(安)자 32세 종(鍾)자 항렬, 아버지는 외아들로서 순(淳)자 길(吉)자 33세 순(淳)자 항렬이시다.

우리 집안 할아버지 형제 중에서 유일하게 한학을 공부해서 인근 각지에 이름을 날렸던 막내 태완 종조부께서 가끔 나를 불러 남양홍씨 족보에 대해 말씀하시곤 하셨다.

남양홍씨의 시작

남양홍씨는 경기도 화성시 남양읍을 본관으로 하는 성씨이다. 홍씨가 처음 생긴 곳은 중국 간쑤성 서북부에 있는 돈황지방이라 한다. 본래 시문에 능한 선비적 기질을 가진 조상들이라 학자와 문관 출신의 벼슬아치가 많았다고 한다.

우리나라에 홍씨가 시작된 것은 중국 당나라 태종 때 고구려 영류왕의 요청에 의해 당나라 8학사의 한 사람인 홍천하(洪天河) 공이

입국한 것에 연유한다. 당시 영류왕이 상대적으로 선진된 당나라의 문화를 도입 진흥하기 위해 애쓰는 시기였기에 당나라의 문물을 고구려에 들여와 소개하고 교역 확대에도 노력하였다.

이렇게 활동하던 홍천하 공은 연개소문 일족이 일으킨 반란에 반대하여 신라로 건너가게 되었는데 여기서 문화발전에 기여한 공로가 인정되어 선덕여왕 때 당성백(남양)에 봉해진 데서 본관이 유래되었다고 한다.

남양홍씨는 동성동본이지만 시조를 달리하는 두 계보가 있다. 소위 당홍(唐洪)과 토홍(土洪)이 그것이다. 당홍은 중국 당나라에서 초빙되어 와서 고구려를 거쳐 신라에 정착하여 삼국통일 전후로 신라조정에 주요 인사가 된 홍천하 공을 남양홍씨의 선시조로 하고 고려 개국공신인 삼중태광대사 홍은열(洪殷悅)을 시조로 하여 이어오고 있으며, 토홍은 고려 고종 때 금오위 별장을 지낸 홍선행(洪善幸)을 시조로 하고 있어 차이가 있다.

당홍과 토홍이라는 속칭도 이처럼 귀화파와 토착파의 구분에서 연유된 것으로 보이나 당홍의 역사가 300여 년 이상 길다는 것, 동성동본으로 보아 통혼하지 않는다는 점, 오랫동안 한 집안으로 생각하여 현재까지도 우호관계를 맺고 있는 점 등으로 미루어 볼 때 그 뿌리가 모두 한 조상의 관계가 아닌지 추정되기도 한다.

당성의 지명이 경기도 화성시 남양으로 개칭되어 남양을 본관으로 생성된 남양홍씨는 선시조 홍천하 공 이후 10세손까지는 생몰 미상 연대라 기록을 확인할 길이 없어 족보에만 그 성명을 등재해 놓았을 뿐이고 사실상은 고려 태조를 도와 고려(高麗)를 건국한 홍은

열을 시조로 모셔 세계를 이어 오고 있는 것이다. 고려와 조선시대를 거치면서 남양홍씨는 나름대로 독특한 교육풍토와 씨족전통을 만들어 많은 인재를 배출하면서 조선조 십대명벌(十大名閥) 중 하나로 부상하였다.

남양홍씨는 2020년 현재 전국적으로 모두 50만 명 정도인 것으로 추정되고 당홍과 토홍의 비율은 8:2 정도인 것으로 알려져 있다. 남양홍씨가 긍지를 갖고 있는 이유는 우선 인구는 성씨 순위로 20위 정도인데 조선시대 문과 급제자가 4위로 인구대비 매우 높다는 점이다.

통계에 따라 다소 차이가 있지만 조선시대 350명 이상의 문과 급제자를 배출한 성씨가 전주이씨, 안동권씨, 파평윤씨 그리고 남양홍씨 등 4대 성씨뿐이라는데 놀라지 않을 수 없다. 그리고 공신 수, 왕비, 청백리 수에 있어서도 상위에 있어 인구비례로 보면 1위의 명벌이라고 보아도 무방할 것 같다.

남양홍씨 계보

남양홍씨의 세계(世系)를 좀 더 자세히 살펴보면 시조 홍은열은 고려 역사에 있어서 고려혁명 4대 공신의 한 사람으로 기록된 홍유(洪儒)와 동일인으로 알려지고 있다.

남양홍씨 대종중에서 확인한 바에 의하면 홍은열의 초명은 유(儒), 자(字)는 술(術)자를 썼는데 고려 개국에 공을 세웠으므로 중국 은(殷)나라 고종 때 명재상 부열과 같다는 뜻에서 태조 왕건으로부터 은열(殷悅)이라는 이름을 하사받았다고 한다.

그 후에는 홍유라는 이름 대신에 홍은열이라는 이름을 사용했다고 한다. 홍유라는 이름은 의성홍씨의 시조라고도 하는데 동명이인인지 동일인을 지칭한 것인지는 알 수 없지만 의성홍씨 측에서 별다른 설명이 없는 실정이다.

홍씨의 본관은 문헌에 의하면 모두 10여 개 본이 있는 것으로 전한다. 남양, 풍산, 부계, 개령, 회인, 경주, 홍주, 의성, 풍천, 상주, 연안, 의주, 개성 등이다. 그러나 남양홍씨 대종중 측에 따르면 현재 전하고 있는 본관은 크게 남양 당홍(唐洪), 풍산, 홍주, 남양 토홍(土洪)의 4본이 주축이라 한다. 이 중에 으뜸가는 대본은 남양 당홍이며 이어 풍산, 홍주, 부계의 순으로 되어 있다.

우리 남양홍씨 당홍의 세계(世系)를 살펴보면 시조로부터 내려오면서 모두 15개 파가 생성되었다. 그 중에 벼슬을 지낸 인재의 내력이나 후손의 수를 고려하면 남양군파와 문정공파가 단연 우위에 있고 익산군파, 판중추공파, 예사공파, 중랑공파 등 순위로 6개 파가 대부분을 차지하고 있다.

이 중에서도 남양군파와 문정공파가 특히 많아 전체의 70%를 차지하고 익산군파가 15% 정도로 다음 순위를 이어간다고 한다. 나는 문정공파인데 문정공 홍언박(洪彦博)의 후손이다. 고려 공민왕 때 문하시중으로 안사공신(安社功臣)이었으며 왕의 신뢰가 돈독하였다고 한다.

남양홍씨네 인물들

남양홍씨네들의 성향은 머리가 좋고 착실하여 일등 사윗감이라 하는데 의협심이 강하고 의리가 있고 공명정대한 가계전통이 있어

평판이 좋은 편이다. 그러나 실리에 약하고 명분에 치중하여 진취적이지 못하고 실속없이 보수적인 경향이 있어 사업을 잘 하는 사람은 많지 않은 것 같다.

풍류를 좋아하고 성격이 호탕한 편이라서 주위 사람들에게 인기가 많지만 대쪽 같은 성격이라서 한 번 비뚤어지면 회복하는 데 시간이 걸린다. 결과적으로 법률가나 공무원 같은 관리나 정치인의 성향이 강하고 연구직이나 교육자, 예술가, 의료인 같은 월급쟁이가 많은 반면에 이윤을 추구하고 실리를 먼저 생각하는 기업가적인 마인드가 돋보이는 사람, 소위 재벌 같은 장사꾼은 많은 것 같지 않다.

남양홍씨 일가의 근현대사, 알 만한 인물을 생각나는 대로 몇 분의 생애를 열거해 보고자 한다.

우선 구한말 대원군의 심복이자 수구 강경파의 거두였던 홍순목(洪淳穆)과 그 아들 홍영식(洪英植)의 이야기이다. 시문에 능통하고 무너져가는 구한말을 개혁하고자 노력했던 아버지 영의정 홍순목과 개화파의 선봉으로 갑신정변을 일으킨 아들 홍영식은 당대에 존경받는 엘리트였다.

갑신정변이 실패하자 홍영식은 대역죄인으로 처형되고 홍순목도 손자며느리와 함께 약을 먹고 자살했다. 그들의 재산 및 가옥 모두 몰수되고 가까운 일가들은 홍영식과 더불어 인왕산 기슭에서 비참한 최후를 맞았다. 그의 형 홍만식은 의정부 찬정으로 을사보호조약 체결에 반대하여 자결하는 등 아까운 인재들이 희생되었다.

수구파인 홍종우(洪鍾宇)는 프랑스에 유학한 후 돌아오는 길에 일본에 들러 갑신정변으로 일본에 피신해 있던 김옥균에게 접근한 뒤

암살하였고, 황국협회를 만들어 독립협회 활동을 방해하기도 하였다. 기울어진 조선을 대대적으로 개혁하여 고종을 중심으로 새로운 나라를 재건하겠다는 포부를 실현하기 위해 노력하였다.

홍종우는 프랑스 유학중에 심청전, 춘향전 등의 조선의 고전을 번역 소개하여 유럽에 알리는 홍보활동을 열심히 하였으며, 일본의 메이지 유신에 영향을 끼친 프랑스의 정치제도에 대해서도 관심이 많았다.

귀국 후 고종의 총애를 받으면서 조선을 대한제국으로 자주독립국임을 선포하고 황제칭호식을 거행하는 한편 연호를 광무로 정하는 등 대한제국의 초석을 세우는 데 크게 기여하였다.

일제강점기 국란시대 홍씨 일가는 많은 의병을 배출하였는데 그 대표적인 인물이 김좌진 장군과 함께 청산리 전투를 승리로 이끈 홍범도 장군이다. 홍범도는 을사보호조약이 체결된 후 1907년경 차도선, 태양욱 등 평안북도 포수들로 구성된 의병들을 조직하고 정예부대를 만들어 압록강을 넘나들며 봉오동, 풍산 등지에서 맹활약하여 일본군대를 공포로 몰아넣었다.

그 후 김좌진 장군 등과 연합하여 청산리전투에서 대승을 거두고 대한독립 군단을 조직, 서일을 총재로 추대하고 김좌진과 함께 부총재에 취임하였다. 블라디보스토크 근처에 고려혁명 군사학교를 설립하고 본격적인 독립전쟁을 준비하던 중 일본군과 대립을 꺼린 소련군에 의해 강제로 무장 해제되었다.

흑하사변(黑河事變) 이후 그는 연해주에 농장을 세워 민족의식의 고취에 힘쓰다가 스탈린의 고려인 강제이주정책에 의해 중앙아시아 카자흐스탄으로 이주당한 후 1943년에 병사했다.

그동안 그의 유해를 국내로 봉환하기 위한 각계의 노력이 진행되었는데 드디어 2021년 8월 15일에 서거 78년 만에 카자흐스탄에서 돌아와 대전 현충원에 안장되었다. 독립운동을 주도한 종친들도 많았다. 홍병기와 홍기조는 천도교 대표로 3.1독립선언 민족대표 33인에 참여하였다.

천도교 지도자였던 홍기조는 평남 용강 출신의 홍경래 후손으로 알려졌고, 천도교를 중심으로 독립운동을 지속하면서 많은 옥고를 치렀다.

홍병기는 경기 여주 출신으로 천도교의 고위 간부로서 3.1운동 당시 많은 천도교인들을 독려, 만세운동을 리드하였는데 독립운동에 매진한 일제강점기와 동학혁명 정신으로 사회개혁을 주도한 광복 후의 활동이 돋보이는 생애였다.

홍익성은 기독교 장로로 1911년 독립운동을 탄압하기 위해 일제가 날조한 105인 사건에 연루되어 옥고를 치렀으며, 안동과 만주 일원에서 임정 연락원으로 활동하다 체포되어 신의주 감옥에서 순국하였다.

홍범도 장군

이 밖에도 홍식, 홍학순, 홍원식 등 독립지사들이 다양한 독립운동을 전개하다가 일제의 탄압에 장렬하게 순국한 분들의 이름이 남아 있다.

상해의 김구 선생이 총애한 홍승로(洪承魯)는 일본 주오대학을 졸업하고 상해에서 군자금 모집 활동을 했으며, 광복 후에는 반민특위 감찰위원장으로 활동하였다.

대한민국 정부수립 이후에 남양홍씨네의 활동상황을 보면 우선 이승만 대통령 신임을 받은 홍진기와 일가를 들 수 있다. 그는 일제 하에서 약관의 나이에 판사를 지내고 이승만 정권에서 내무부장관, 법무부장관을 거치면서 건국 초기에 나라의 기틀을 만드는 데 기여하였다.

그 후 홍진기는 삼성의 경영에 참여하여 중앙일보와 중앙매스컴의 회장이 되어 세계적인 언론사로 성장시켰으며, 삼성가와 사돈 관계가 맺어짐으로써 이병철 회장과의 관계는 더욱 돈독하게 되었다. 이어 중앙일보 회장이 된 홍석현은 그의 아들이며 주미대사를 지낸 바 있다. 그의 딸 홍라희는 삼성 라움미술관 관장으로 고(故) 이건희 회장의 배우자이며 이재용 회장의 어머니이다.

정계에 진출한 일가는 청와대 비서실장을 지낸 홍성철, 문재인 정부시절 부총리겸 기획재정부장관을 지낸 홍남기, 문교부장관을 지낸 홍종철, 지식경제부장관을 역임한 홍석우, 한국방송공사 사장을 지낸 홍경모, 홍두표에다 국회의원으로는 한나라당 대표를 지내고 현재 대구시장인 홍준표를 비롯하여 홍창섭, 홍종욱, 홍재형, 홍정욱, 홍문종, 홍영표, 홍일표, 홍문표, 홍희덕, 홍사덕, 홍성우, 홍철호 등이 있으며, 국가인권위 상임위원을 역임한 홍진표가 있다.

학계에서는 홍일식 고려대 교수, 홍기창 고려대 교수, 홍문화 서울대 교수, 홍윤숙 시인을 비롯하여 유명한 종친들이 많이 종사하고 있다.

재계에서는 자신의 본관(남양)에서 이름을 딴 남양유업 창업자 홍두영 회장과 그의 아들 홍원식(현 회장)이 있고, 홍철호 굽네치킨 사장을 비롯해서 앞서 소개한 라움미술관 관장인 홍라희 등이 활동하고 있다.

예술 특히 음악계에서는 남양홍씨 토홍계에서 돋보이는 인물이 있다. 바로 우리나라 서양음악 개척자인 홍난파이다. 홍난파(洪蘭坡)의 본명은 영후(英厚)로 경기 화성(남양) 출신으로 동경 우에노 음악학교에서 수학하고 미국 시카고 셔우드음악학교 졸업하였으며, 1925년에 우리나라 최초로 바이올린 독주회를 가졌다. 음악잡지인 '음악계'를 발간하였으며, 조선음악가협회 상무이사를 지냈다. 이화여전과 경성보육학교 교수로 있으면서 서양음악 교육에 힘을 기울였다. 작품에는 '봉선화', '성불사의 밤', '옛 동산에 올라' 등의 주옥 같은 가곡이 있으며, '낮에 나온 반달' 등 우리에게 친근한 아름다운 동요가 교과서에 실려 있다.

또한, 문학에서도 화성 출신의 시인 홍사용(洪思容)이 있는데 '나는 왕이로소이다', '백조는 흐르는데 별 하나 나 하나'를 남겼다. 남양홍씨네들은 그들 나름대로 독특한 문화와 전통을 갖고 집성촌을 이루고 살았다.

남해만 하더라도 전술한 남해군 삼동면 수장포 마을이 전형적인 동네라 할 수 있다. 전술한 바와 같이 이 마을을 최초로 조성한 분이 남양홍씨 입남조 홍중학(洪仲鶴)이시고, 나의 뿌리가 되시는 선조라는 점에서 나에게는 큰 의미가 있다.

남해의 남양홍씨 활약과 계보

많지 않은 기록을 정리해 보면 입남조 홍중학 이후로 26세 홍몽양(洪夢良, 1730~1784)이 영정조시대에 통훈대부와 당상관을 지낸 최고위 관리였고, 그 아들(27세) 홍우방(洪禹邦, 1748~1775)과 홍우범(洪禹範) 등 삼형제도 학문이 깊고 인품과 덕망이 높았다고 한다. 이어 28세는 홍우방의 아들이 홍희연(洪喜淵, 1786~1828), 홍우범의 아들이 홍낙연(洪洛淵, 1787~1876)이었는데 이 두 분의 아들이 가문의 영광이 되는 훌륭한 업적을 남겼는데 특히 낙연은 순조

한국 최초의
바이올리니스트
홍난파

14년(1814) 과거 식년시에 급제하여 당대 인근 지방에 명성을 날렸을 뿐 아니라 가문의 성가를 높였다.

조정에서도 그의 능력을 인정하여 당상관과 종2품 가선대부(嘉善大夫), 절충장군의 지위를 내려 많은 사람들의 추앙을 받았고, 남해에서도 우리 가문을 명문가문으로 더욱 우러러보게 하였다. 홍낙연의 4촌 형인 홍희연도 통정대부를 제수 받아 이름을 날리니 다른 가문이 매우 부러워했다고 한다.

또한 홍희연은 이미 포화상태에 있는 수장포에서 와현마을로 이사하고 새로운 터전을 만드셨다고 한다. 아들 세대인 29세 홍병은(洪秉恩)과 홍병철(洪秉哲, 1794~1877)이 와현마을을 개척, 정착하면서 두 분 형제들이 와현마을의 두 줄기 일가(총 30가구 정도 집성촌)를 이루었다.

이중 홍병철 어른이 조정으로부터 통정대부를 제수 받아 향리에 인격 높은 지식인임을 알렸고, 우리 소문중의 수장 어른이 되셨다.

우리 소문중 병철 어른 이하 돌아가신 분들의 산소는 원근각지의 여러 곳에 산재해 있었기에 불편함이 많았다. 다행히도 뜻있는 자손들(홍규표, 정표, 훈표, 성렬, 성래, 장환 등)이 노력하여 각지에 흩어져 있던 병철 어른 이하 돌아가신 분들의 산소를 모두 이장, 강진 바다를 향한 널찍한 명당(삼동면 공원묘지 산 116 하단)에 모두 한 곳으로 모시게 되었고, 홍병은 어른의 소문중도 비슷한 장소 바로 위에 근사한 신식 묘지를 나란히 조성하여 모시게 되었으니 와현마을을 만드신 두 형제분의 후손들이 큰일을 하였다고 칭찬하고 싶다.

아무튼 앞으로의 후손들을 위해서도 영원한 길지를 준비해 두고 모든 제수시설을 갖춤으로써 멋있는 공동제사를 드리고 반가운 종친들과 친교할 수 있으니 참으로 고맙고 마음 든든한 바이다.

서기 1650년경 입남조 정착 이후 지금까지 약 370여 년간을 돌아보면 조선 후기의 어려운 역경 속에서도 가문의 명예를 높여 왔던 남해 남양홍씨들은 초기 200년간의 영화는 점차 사라지고 일제강점기 시대를 겪으면서 몰락양반의 길을 걸어가게 되었다. 시대의 변화에 능동적으로 대처하지 못하고 끌려가다 주저앉는 양상이었다.

한학자인 고상한 아버지 밑에서 아들의 고등교육은 엄두도 못내는 가정형편의 어려움이 많았으니 슬픈 현실이 아닐 수 없었다. 그런 데다가 6.25전쟁 전후에 좌우사상 논쟁에 휘말려 수많은 희생자가 속출하게 되었다.

3,40대 꽃다운 젊은 나이에 나의 친척 아저씨나 큰형님 되는 사람

들, 그 시대의 엘리트들이었는데 수장포에만도 30%나 되는 사람(10명 가량)이 같은 날 제사를 지내는 비운을 겪었다고 한다.

이런 수난 때문에 우리 홍씨 가문은 다시 일어날 탄력을 잃었던 것이다. 지금은 우리 남해의 남양홍씨 문중의 과거 영광을 기억해 주는 남해인도 더불어 안타까운 마음이지만 이제 우리 자손들이 심기일전 새로운 각오로 옛날의 영광을 찾기 위해 노력하면서 오늘에 이른다. 반드시 좋은 시절이 올 것으로 믿어 의심치 않는다.

이상 우리 소문중의 뿌리를 정리하면 입남조 23세 홍중학(洪仲鶴)~24세 시석(時錫)~25세 귀동(龜東)~26세 몽양(夢良)~27세 우방(禹邦)~28세 희연(喜淵)~29세 병철(秉哲)~30세 귀섭(貴燮)~31세 재흥(在興), 재상(在相)으로 이어져 있다.

남양홍씨의 항렬표

29세 병(秉). 30세 섭(燮). 31세 재(在). 32세 종(鍾). 33세 순(淳). 34세 표(杓), 식(植). 35세 성(性), 지(志). 36세 기(基), 의(義). 37세 석(錫), 진(鎭). 38세 택(澤), 락(洛). 39세 근(根), 주(柱). 40세 환(煥), 희(熙). 41세 시(時), 중(重). 42세 용(鎔), 수(銖). 43세 연(演), 기(淇). 44세 영(榮), 동(東). 45세 사(思), 연(然). 46세 균(均), 철(喆). 47세 경(庚), 상(商). 48세 태(泰), 구(求). 49세 정(禎), 낙(樂). 50세 형(炯), 욱(煜). 51세 요(堯), 혁(赫). 52세 호(鎬), 연(鍊). 53세 수(洙), 용(溶). 54세 모(模), 환(桓). 55세 찬(燦), 훤(煊). 56세 증(增), 배(培). 57세

옥(屋), 선(銑). 58세 윤(潤), 준(準). 59세 연(煉), 백(栢).

남양홍씨 대표적 집성촌(남한지역 일부)

서울 강남구 세곡동 일대

강원도 강릉시 연곡면 동덕리

경기도 안산시 단원구 대부북동

경남 산청군 오부면 중촌리

경기도 화성시 남양읍 활초리, 비봉면 남전리

경남 남해군 삼동면 영지리/지족리

경기도 포천시 신분면 덕둔리

세종시 연서면 신대리

경북 군위군 군위읍 내량리

충남 연기군 서면 신대리

충남 서산시 음암면 신장리

충북 옥천군 안남면 화학리

전북 순창군 금과면 매우리

부산 강서구 녹산동 탑동마을

전남 구례군 산동면 산수유마을

전남 여수시 효명동 효명마을

제주 한림읍 귀덕리

제**2**장

우리 아버지와 어머니 이야기

01

아버지의 여섯 가지 교훈

첫 번째, 노서와 노마의 지혜

나는 어릴 적부터 유교적인 집안 분위기에 젖어 살아왔다. 보통 친구들도 그렇게 지냈지만 우리 가문은 좀 심한 편이었다.

상하관계가 엄격하고 관혼상제의 예법이 철저해서 조금이라도 예법에 어긋나면 웃어른들이 용납하지 않으셨다. 제사 때가 되면 가까운 일가들, 열 가정 정도가 모여 자정에 제사 드리고 제삿밥을 먹고, 또 밤중에 나이 든 마을 어른들에게는 밥과 반찬을 담아 직접 배달하고 나서야 헤어졌다.

제사 후 소문중 회의에서도 제일 큰 어른의 말씀이 거의 법률과 같았다. 대부분 농사일에 종사했으니 그렇기도 하지만 농한기에는 매를 길들여 매사냥을 하였고, 사물놀이를 좋아해서 음력 설부터 한 달간은 가가호호 방문하여 농악 축제를 벌이기도 하였다. 그래서 친척 간에 결속이 끈끈하고 서로 걱정해 주며 우애 있게 지냈다.

그러나 점차 시대가 발전해 가면서 친척들이 도시로 흩어지고 만나는 기회가 적어지면서 친척의 개념이 옛날과는 판이하게 달라지게 되었다. 이제는 어른들의 말에 귀를 기울이는 사람들도 거의 없고 가문회의 때도 의견충돌로 다투는 경우가 많아지면서 젊은 사람들이 자꾸 멀어지는 사태가 일어나게 되었다.

문중 일에 앞장서서 후대들에 귀감이 되고자 신경을 많이 쓰시고 계셨던 우리 아버지는 문중 사람들의 무성의한 호응에 서운한 감정이 있었다. 언젠가 문중 회의에 다녀오시던 날, 노서(老鼠) 이야기를 하시면서 나이 많은 분들의 지혜를 잊지 말라고 당부한 기억이 난다.

옛날에 물건을 훔치는데 신통한 재주가 있는 쥐가 있었다. 그러나 늙어가면서 차츰 눈이 침침해지고 기력도 쇠잔해져서 더 이상 제 힘으로는 먹을 것을 훔칠 수가 없었다. 그 때 젊은 쥐들이 찾아와서 그에게서 훔치는 기술을 배워 그 기술로 훔친 음식물을 나누어 늙은 쥐를 먹여 살렸다. 그렇게 꽤 오랜 세월이 지나갔다.

그러던 어느 날 젊은 쥐들이 수군대더니 회의를 했다.

"이제는 저 늙은 쥐의 기술이 별 쓸모가 없어, 우리가 배울 것이 없다. 그래서 음식물도 나누어 줄 필요가 없다"고 결론지은 후부터 다시는 음식물을 나누어 주지 않았다고 한다.

이 이야기는 조선 중기의 학자 고상안이 쓴 '효빈잡기(效嚬雜記)'에 나오는 '노서(늙은 쥐)'라는 글의 서두에 나오는 글이라고 했다.

늙은 쥐는 몹시 분했지만 세월의 무상함을 탓하면서 얼마 동안 그렇게 지낼 수밖에 없었다. 그러던 어느 날 저녁이었다. 드디어 기회가 왔다. 그 마을에 사는 한 아주머니가 맛있는 음식물을 만들어 솥 안에 넣은 다음 무거운 돌로 뚜껑을 눌러놓고 외출을 하게 되어 쥐

들에겐 훔쳐 먹을 절호의 찬스였
지만 방법이 없었다.

안달하고 회의를 거듭했지만
도무지 좋은 방안이 나오지 않자
그때 한 쥐가 늙은 쥐에게 물어
보자고 제안을 했다. 모든 쥐들
이 동의하고는 늙은 쥐를 찾아가
서 계책을 물었더니 늙은 쥐는 노발대발했다.

"너희들이 나에게서 기술을 배워 배불리 먹고 살면서 나를 구박하
고 음식물도 나눠주지 않으니 절대로 말해 줄 수 없다."

이에 젊은 쥐들은 모두 엎드려 사죄하고 용서를 빌었다.

"지나간 일은 할 수 없지만 앞으로는 잘 모실 테니 부디 그 방법을
가르쳐 주십시오."

그러자 늙은 쥐는 노여움을 거두고 방법을 알려주었다.

"솥에는 발이 세 개 있다. 그 중에 한 다리 밑을 모두 힘을 합쳐 파
내라. 그러면 솥은 그쪽으로 기울어져 솥뚜껑이 저절로 열릴 것이
다."

젊은 쥐들은 시키는 대로 열심히 파내기 시작했다. 얼마를 파내려
가자 과연 늙은 쥐의 말대로 솥뚜껑이 열렸다. 젊은 쥐들은 맛있는
음식을 배불리 먹고 늙은 쥐에게도 극진히 대접했다. 늙은 쥐의 소
망은 그리 큰 것이 아니다. 굶어 죽지 않을 정도만큼만 나눠주길 바
랄 뿐이다.

아버지는 이렇게 노서 이야기를 하시고 '노마지지(老馬之智)'의

고사도 찾아보라고 숙제를 주었다. 노마지지는 노마지교(老馬之 敎), 노마지도(老馬知道)라고도 한다. 중국 제나라 환공 때의 이야기 로 '한비자' 라는 책에 나온다.

어느 날 봄에 환공은 명재상 관중을 대동하고 고죽국을 정벌하러 떠났다. 그런데 전쟁이 의외로 길어지는 바람에 그해 겨울이 되었 다. 그래서 혹한과 폭설 속에서 군사들과 함께 행군을 하다가 밤이 되자 길을 잃고 말았다. 전군이 진퇴양난에 빠져 떨고 있는데 관중 이 이런 때 늙은 말의 지혜가 필요하다고 하면서 늙은 말 한 마리를 풀어 그 뒤를 따르게 하였다.

그랬더니 얼마 후에 아니나 다를까, 큰 길을 찾게 되어 모두 살았 다고 한다. 그러면서 나이든 어른들의 지혜를 배우고 활용하는 것이 현명하게 사는 방법이고 그분들을 공경하는 것이 예(禮)의 기본이

라고 당부하시던 일이 생각난다.

젊은이들은 지식이 많으나 경험과 지혜가 부족하다. 세상살이는 지식이 많다고 잘 살고 바르게 사는 것은 아니다. 경험에 의해서 축적된 지혜가 세상사의 난관을 극복하는 데 도움이 되고 세상을 조화롭게 하는 것인데 요새 젊은이들이 핵가족화 되면서 노인을 경시하는 것 같아 안타깝다는 말도 잊지 않았다.

두 번째, 후회스런 일

아버지는 권위적이시고 자상한 성격이 아니어서 자식들과 별로 소통이 없으셨다. 그래서 아들들, 우리 형제들은 아버지에 대해서 피상적으로만 알 뿐이지 아버지의 취미나 소질을 거의 모르고 지냈다고 해도 과언이 아니다.

기껏 노래를 좋아하실 뿐 아니라 노래 부르기도 잘 하시는 편이고, 기억력이 좋고 메모를 꼼꼼하게 해서 모든 일을 잘 정리하는 정도로만 알고 있다. 그리고 성격이 강직하고 잔소리가 많은 편이라서 아들, 며느리들에게 인기가 별로 없었다. 깐깐한 성격은 어머니에게도 예외가 아니라서 영감시집이 심한 편이었다. 어머니는 50대 들어 허리디스크를 앓게 되면서 더욱 고생이 심해졌다.

그래서 영감시중은 고사하고 본인 한 몸 건사하기에도 힘들었을 것이다. 그렇게 고생하던 어머니가 65세를 일기로 돌아가셨다.

그때 내가 일본 동경에서 근무하고 있었는데 이틀 전에 통화한 것이 마지막이 되어 버렸다. 긴 병에 효자 없듯이 오랫동안 아픈 어머니를 아버지가 못마땅했던지 나에게 병을 낫게 해서 보내든지 안 그러면 보내지 말라고 하시던 아버지 말씀이 무척 이기적으로 들렸다.

이웃 사람들을 좋아하고 늘 먹을 음식 남겨두었다가 나눠주기를 좋아했던 우리 어머니의 성격 덕분에 시골에 있는 우리 집엔 사람들이 항상 붐볐다. 큰길 옆집인 이유도 있었지만 어머니가 지나가는 사람을 부르기도 하고, 친한 사람들은 그냥 지나치면 안 되니까 우리 집이 정거장이었다. 그래서 우리 집은 완전히 오픈되어 있어서 별로 비밀이 없었다. 대신에 농기구 등 연장이 없어지는 경우가 많아서 아버지가 불평하는 경우도 종종 있었다.

어머니가 돌아가시자 이제 사람들이 발길이 뜸해지기 시작하더니 아버지 혼자 남게 되어 집은 점차 사람 냄새가 그립게 되어 갔다. 아마 아버지는 어머니의 존재를 그때부터 절실하게 깨닫기 시작했던 것 같다. 그리고 점차 뼛속으로 스며드는 외로움에 인생의 허무함을 느꼈다고 한다.

나는 자식이 많은데 왜 혼자 외롭게 살아야 하는가? 하루 종일 말한 마디 할 상대 없이 지내면서 겨우 밥 한술 끓여 먹고 연명하는 내 신세가 너무도 처량하다고 슬퍼하면서 큰 논배미 옆에 저수지 강둑 돌의자에 앉아서 큰아들인 나에게 생활의 단면을 편지를 적어서 보내신 적이 있다. 언제나 강하고 엄격한 성격이라서 웬만하면 말하지 않았을 텐데 마음이 아려왔다.

그렇다고 서울에서 모신다 해도 오실 분도 아니고 더욱이 내가 낙향해서 농사짓는 것은 말도 아니고 해서 걱정이 많았다. 그 며칠 후

전화 드리면 별일 아니라고 괜한 말을 했노라고 태연한 척하곤 하셨다.

사실은 어머니가 허리디스크로 오랫동안 아프시긴 했지만 아버지의 정겨운 배려가 없었던 섭섭함이 내 마음 속에 내재되어 있었다. 병원에 입원 치료해도 어머니는 항상 마음 놓고 치료받지 못하셨다. 물론 그런 배짱 있는 어머니도 아니었지만 치료에 열중해서 몸을 돌보았다면 좀 더 오래 사셨을 거라는 생각이 들곤 했다.

내가 일본 근무 시에 뇌출혈로 쓰러지셨는데 며칠 전부터 심한 고혈압에 머리가 쪼개지는 고통이 있었다는 동네 친구의 이야기를 듣고 나니 너무 원통한 생각이 들었다. 진통제를 늘 복용하고 농사일을 하셨는데 그 과정에서 혈압컨트롤이 안된 것을 몰랐던 것이 화근이었다.

정상혈압을 유지하도록 병원에 가서 진찰을 받았다면 간단히 해결되었을 것이었다. 모내기 때, 뇌출혈로 졸지에 쓰러져서 너무도 허무하게 저세상으로 떠나버린 것은 내가 챙기지 못한 부분이 많은 것 같은 후회가 있었다.

무뚝뚝한 아버지도 어머니에 대한 연민의 정이 있었을 텐데도 돌아가신 뒤 한 번도 어머니에 대해 말이 없어서 참으로 무정하시다고 생각했다. 15년의 긴 세월을 혼자 사시면서 마음 속으로는 후회하는 마음과 원망하는 마음이 있었겠지만 말이 없으셨다.

이제 아버지도 80세가 넘었으니 그전 같지 않으시다. 허리도 매우 안 좋으셔서 걷는 것도 불편하시고 치아도 치료가 많이 필요한 정도이다.

그러나 옛날의 총명함은 많이 무디어졌지만 자신감은 대단하셨다. 그런데 지금까지 한 번도 고생한 어머니에 대한 말씀이 없어 섭섭하던 차에 하루는 마음먹고 마누라를 먼저 보낸 어느 월급쟁이 수기를 준비해 가서 읽어드렸다.

다 듣고 난 뒤 "감상이 어떻습니까" 했더니 한참 눈감고 계시더니, "병들어 누워만 있어도 살아 있는 것이 좋겠다. 살아 있을 때 따뜻한 말 한 마디 못한 것이 미안하다"고 하셨다. 실로 아버지에게 기대하지 않았던 솔직한 마음을 들었다.

하염없이 울었다
한참을 아무 생각 없이
한참을 네 생각에 울었다

동그라미

그런 아버지의 심정을 알고 나니 늘 이기적이라고 생각했던 아버지에 대한 야속한 마음이 약간 풀어지며 어머니에 대한 그리움이 더욱 강하게 밀려왔다.

세 번째, 인간만사는 새옹지마

중2 때였던 것 같다. 아버지가 친구네 잔칫집에서 술 한잔 하시고 들어오시더니 나를 불렀다. 그리고 나보고 새옹지마를 써보라고 하신다.

변방새(塞), 늙은이옹(翁), 갈지(之), 말마(馬)라고 하시는데 변방새(塞)를 빼고 다 썼더니 가르쳐 주셨다. 새옹지마(塞翁之馬)라 하시고는 '변방에 사는 늙은이의 말'이라는 의미인데 뜻이 깊다고 설명하시는 모습이 진지했다.

중국의 변방 어떤 마을에 한 노인네가 애지중지 키우던 좋은 수말 한 마리가 있었다. 그곳은 외진 시골마을이라 말이 짐을 실어 나르는 교통수단이고 논밭을 갈아 농사짓는 데도 매우 필요한 일꾼이었다.

마을에 몇 마리도 안 되는 말 중에 제일 일 잘하고 말 잘 듣는 말이어서 노인네에게는 중요한 재산이고 자랑거리였다.

그러던 어느 날 그 말이 어쩐 일인지 멀리 달아나 버렸다. 이 소식을 들은 이웃 사람들이 노인을 찾아와서 얼마나 상심이 크시겠냐며 위로하고 마을에도 큰 손실이라고 걱정해 주었다. 그런데 노인은 위로해 줘서 고맙다는 인사와 함께 오늘의 불행이 오히려 복이 될는지 누가 알겠냐고 대답하며 느긋한 표정을 짓는 것이다.

그 후 몇 달이 지난 어느 날 밤, 밖에서 말 울음소리가 들려 노인이 깜짝 놀라 나가 보니 몇 달 전 집을 나간 말이 씩씩하고 튼튼한 암말을 데리고 온 것이다. 마치 객지 나간 아들이 좋은 며느리를 데리고 온 것처럼 기뻐할 일이었다.

마을 사람들이 찾아와 "세상에 이래 좋은 일이 어디 있습니까. 축하드립니다."

노인은 무덤덤하게 한 마디, "이런 일이 화가 될지 누가 알겠나?"

이해할 수 없는 이웃사람들은 고개를 흔들며 돌아갔다.

그리고 며칠이 지났다. 말타기를 좋아하는 아들이 새로 온 말을 끌고가 말타기 연습을 하는데 그만 말에서 떨어져 아들의 다리가 부

러져 버리고 말았다. 외아들이 다리가 부러져 장애인이 되어 버린 것이다. 이번에는 노인의 표정이 어떨까. 이웃 사람들이 웅성거렸다. 속상할 노인의 표정이 태연하게 "이런 일이 또 다시 복이 될 수 있을 것이네" 하는 것이다.

그런데 얼마 후에 전쟁이 일어나고 많은 젊은이들이 전쟁터에 나가 죽고 말았다. 노인의 아들은 말에 떨어져 다친 다리 때문에 전쟁터에 나갈 수 없어서 목숨을 건질 수가 있었던 것이다.

여기까지 아버지의 이야기를 동화 작가 같은 기교는 없어도 재미있게 들었다. 시골 노인네가 자기의 철학을 담아서 이야기하는 것이 쉽지 않았을 텐데 마치 사계절로 나누듯이, 기승전결로 전개하듯 흥미 있는 얘기였다.

일하는 말에 대한 이야기가 문득 일 잘 하는 소를 좋아하고 잘 길렀던 내 할아버지가 생각났다. 자연과 더불어 살고 자연의 순리대로 사는 사람들의 공통된 순박함도 서려 있는 새옹지마 일화이다.

이와 같은 중국 고사를 현대적 버전으로 동화식으로 꾸민 것이 있었다. 말이 당나귀로 둔갑하여 늙은 노인의 당나귀가 커다란 우물에 빠졌다. 늙은 당나귀를 끌어내기도 어려운 데다 물도 잘 나지 않아 좋지 않은 우물이라서 그만 파묻어서 우물도 당나귀도 없애기로 결심하였다.

이웃 사람들의 도움을 받아 우물에다 흙을 퍼붓기 시작하자 당나귀가 울고 난리다. 조금 시간이 지나니 잠잠하였다. 그래서 안을 들여다보니 당나귀가 흙을 털고 밟으며 올라오고 있는 것이다. 자기를 죽이기 위해 퍼붓는 흙을 이용해서 살아난 것이었다. 흙을 퍼부을 때마다 혼신의 힘을 다해 털고 또 털어 땅에 떨어뜨려 밟고 살아났던 것이다.

그 후에 당초 계획대로 우물은 없어졌으나 당나귀는 더욱 건강해서 노인의 사랑을 받았다는 이야기이다. 인간도 역경을 딛고 일어나는 사람이 있고 좌절하는 사람이 있다. 당나귀가 퍼붓는 흙속에서 가만 있었으면 분명히 파묻혀 죽었을 것인데 살아난 데는 그만한 이유가 있는 것이다.

인간사에 일희일비하지 말고 긴 안목을 보면서 살아가면 반드시 전화위복의 계기가 온다는 의미로 아버지의 사려 깊은 말씀으로 새겨졌다.

네 번째, 우생마사의 교훈

'우생마사(牛生馬死)'의 고사(故事)는 초등학교 때 할아버지로부터 들은 이야기인데 아버지한테 또 듣게 되었다. 할아버지는 농지와 함께 부의 상징이라 할 만큼 소를 아끼고 사랑했다.

그래서 그 집 소를 보고 그 집 사람과 부를 짐작할 정도로 소를 중히 여겼다. 소의 모양과 관상, 살찐 소의 골격 그리고 늠름함 등을 꼼꼼히 보시고 소의 전체를 평가하신다. 우직하면서도 충직한 소의 성격을 잘 알기 때문에 인간의 생활에 곧장 대입해서 말씀하신 적이 많았다.

우생마사도 그 이야기의 하나인데 급류에 빠진 소와 말이 떠내려가는데 헤엄을 잘 치는 말은 결국 죽고 마는데 말보다 헤엄이 서툴고 느린 소는 살아난다는 이야기이다. 아주 커다란 저수지에 말과 소를 동시에 밀어 넣으면 둘 다 헤엄쳐서 살아 나온다.

이때 말의 헤엄 속도가 훨씬 빨라 거의 소의 두 배정도 일찍 땅을 밟을 정도다. 어떻게 저렇게 빠를 수 있을까 감탄할 만큼 말의 수영 실력이 좋다고 한다. 그런데 장마기에 큰 홍수로 강물에 빠진 경우에 소는 살아서 나오고 말은 익사한다는 것이다. 왜 그럴까? 말은 헤엄을 잘 치고 빠르니까 강한 물살에 거슬러 올라가려고 하는 습성이 있다고 한다. 물살에 밀리면서 올라가고 힘차게 1미터 전진하고 2미터 후퇴하고 힘겹게 앞으로 전진만 하다가 결국 지쳐 버린다.

아무리 스태미나가 좋은 동물이라도 20분만 전력 질주하면 정신을 못 차린다고 한다. 말과 같이 성질이 급하고 영리한 동물일수록

아버지의 눈에는 눈물이 보이지 않으나
아버지가 마시는 술에는 항상
보이지 않는 절반이 눈물이다

절망적 상황이 되면 빨리 지치고 몇 번의 물을 들이키면 그만 정신을 잃고 익사하게 된다는 것이다.

반면에 소는 다르다고 한다. 소는 절대로 물살을 거슬러 올라가지 않는 성질이라 그냥 물살을 등에 지고 떠내려가게 된다. 10미터 떠내려가다가 1미터 강가로 15미터 가다가 2미터, 조금씩 조금씩 강가로 가까워지면서 얕은 물가에 발이 닿으면 엉금엉금 걸어 나오게 된다.

얼마나 신기한 일인가. 헤엄을 두 배 이상 잘 치는 말은 물살을 거슬러 올라가다 힘이 빠져 익사하나 반면에 헤엄이 둔한 소는 물살에 편승해서 강가에 접근해서 살아나게 된다는 것이다.

2020년 수해 때도 경상도 지방에서 50km나 떠내려가서 구조된 소를 주인이 확인하고 찾아왔다는 보도를 보면서 우직한 소의 인내심을 다시 한번 감탄하게 되었다.

이것이 그 유명한 우생마사의 이야기다. 아버지가 내게 한 이야기는 인생의 힘든 고비가 오더라도 시대의 흐름을 거스르지 말고 순응해 가는 지혜를 발휘하라는 당부이기도 하였다.

내가 시골 출신이라 그런지 소에 대한 이야기는 많다. 1970년대만 해도 소는 시골 사람들에게는 큰 자산이었는데 큰 소 한 마리 값이 대학 등록금보다 높았기 때문에 대학 등록금 철이 되면 소를 파는 일이 많았다. 그리고 일을 잘하는 소는 농사일에도 도움이 되었지만 농가의 큰 지출에도 많은 도움이 되었던 것으로 기억한다.

일 잘하는 소는 우선 잘 길들여야 하고, 또 힘이 좋아야 한다. 그 당시 우리 동네 백여 가구 중 단연 우리 소가 일등이다. 모두 할아버지의 노력 때문이었다. 바닷가 자갈밭에 가서 쟁기를 지우고 소를 길들일 때 호되게 훈련시키고 여름철에는 바닷물에 목욕도 시켜 주었다.

암소 등에는 사람이 타지 못하게 하였는데 소는 말처럼 생리적으로 타게 되어 있지 않아서 사람이 타게 되면 일을 못한다는 속설을 주장하셨다.

농번기에 논밭 갈이가 바쁠 때에도 소를 혹사하지 않도록 배려하는 마음을 갖고 계셨다. 하루는 작은집 당숙께서 소를 빌려가서 얼마나 부려먹었는지 소의 온몸이 땀에 흠뻑 젖어 집에 왔다. 그 후 그집에는 절대로 소를 빌려주지 않았다.

내가 어릴 때는 별로 재미있는 놀이가 없어서 뒷산에 소먹이러 가면 친구들과 소 싸움시키는 것이 무척 재미가 있었다. 암소싸움은 황소보다는 격렬하지 않고 2~3분 만에 상처도 남지 않는 싸움이기에 재미있는 게임이었다.

한 번 붙어서 이기게 되면 여름 한철 동안은 풀 뜯는 근처에 조무래기 소들은 얼씬하지 못하게 하는 쾌감이 있었다. 할아버지의 잘키운 소 덕분에 나는 소먹이러 갈 때 항상 의기양양하였다.

우리 소가 나타나면 웬만한 소들은 모두 물렀거라 하니 은근히 기분 만땅인 것은 숨길 수 없었다. 그래서 나도 소를 좋아하게 되었다.

학교 갔다 오면 날 보고 목에 달린 워낭을 흔들며 인사하고 먹을 걸 달라고 한다. 내 친구들 중에는 소에게 발을 밟혀서 상처 입은 적이 많은데 우리 소는 나를 한 번도 밟은 일이 없다. 소가 새끼를 낳을 때는 극도로 예민한데 그 때도 할아버지와 나에겐 신기할 정도로 온순하다.

물론 미울 때도 많았다. 특히 먼 산 보는 사이에 남의 밭에 들어가 고구마나 콩밭을 쑥대밭으로 만들어 놓으면 가만두고 싶지 않아 말뚝에다 매어두고 한바탕 때려주기도 했다.

그러고 나면 며칠 동안 미안하다고 쓰다듬어 주어도 한 동안 슬슬 피했다. 할아버지 말씀에 의하면 소는 때리면 안 된다고 했다. 소는 사람이 타고 달리는 말과는 달리 소는 때리면 더욱 반항하고 말은 때리면 순해진다고 한다. 그래서 소는 때리면서 길들이려고 하면 안 된다고 하셨다.

소 이야기를 하니 소설가 펄벅의 이야기가 생각난다. 1960년 한국을 방문했을 때 경주 부근 농촌마을을 방문하였는데 그곳에서 소달구지에 볏단을 싣고 그 옆에 또 무겁게 볏단을 지고 가는 농부를 발견했다고 한다. "소달구지에 볏단을 싣고 가면 훨씬 편하게 갈 수 있을 텐데 왜 지게에 지고 갑니까" 하니, "소도 나와 같이 하루 종일

일했기에 서로 나누어 지고 가야지요" 하는 농부의 이야기를 듣고 한국인의 마음을 알 수 있었고 감동을 받았다고 한다.

그 농부의 마음이 바로 내 할아버지의 마음이라는 생각이 들었다. 소가 주인을 모른다고 하는데 그건 아니라고 확실히 말할 수 있다.

우리가 팔아버린 소가 삼 일만에 우리 집을 다시 찾아왔던 일도 있었다. 한밤중에 찾아온 소를 여물 주고 먹여서 아침에 새 주인에게 연락해서 찾아가게 해 준 일도 있다. 그 소를 다시 보내고 나서 할아버지가 한동안 몰고 간 길을 멍하니 쳐다보고 계시던 모습이 지금도 내 눈에 선하다.

다섯 번째, 관포지교의 우정

중고등학교 시절의 친구가 평생 친구가 되는 경우가 많은 것은 사실인 것 같다. 평생 그 친구들과 더불어 사는 것이 인생인가 보다.

초등학교 때보다 사춘기를 겪고 나서 철이 좀 들어갈 때면 생각도 행동도 변화가 많은 것 같았다. 중학교 2학년 때부터는 밤 되면 우리 집에 친구들이 항상 많았다. 장골마을에 D군을 비롯해서 당저의 J군, 창지족 C군 등 특히 금송에 S군은 매일 우리 집에 출근하다시피 했다.

그 친구가 좋아하는 N양이 우리 집 근처에 살기도 하였으니까 님도 보고 뽕도 따는 기분으로 오곤 했다.

물론 토론과 다툼도 많았다. 종교에 대해서도 심각한 고민에 빠지기도 하였고, 하나님이 계시는 건가 부처님은 뭐하시는 건가? 왜 세상은 이렇게 불공평하고 못 살게 되었는고? 사랑에 대해서도 일가견을 정립하는 시기였을 것이다.

소설 이광수의 '무정' 이며 심훈의 '상록수', 모윤숙의 '렌의 애가', 헤세의 '데미안', 토스토예프스키의 '죄와 벌' 등 문학작품을 탐독해 가며 토론하던 시절이 그 시절이고, 그리운 시절이 아니었던가 싶다. 학교 도서관에서 경쟁적으로 책을 빌려가던 시절, 좋아하던 여학생을 숨겨가며 몰래 그리워하던 시절 또한 놓칠 수 없는 추억의 단면이었다.

이 시기에 우리 집에는 아버지가 오랜 여객선 선원과 선장생활을 청산하고 연로한 할아버지와 할머니 때문에 집으로 돌아오셨다.

큰아들 친구들이 집에 많이 드나드는 것이 한편으로는 대견하고 걱정도 되는 것 같았다.

한참 공부할 시기에 공부하는 기색은 별로 없고 노는 것만 보였지 않았나 싶을 정도다. 다행히 공부는 항상 잘 하여서 톱클라스를 견지하였기에 간섭하는 일은 거의 없었다.

어머니도 친구들의 만남에 불평이나 기분 안 좋은 표정은 한 번도 본 적이 없었고, 항상 따뜻하게 대하였기에 밤이 되면 우리 집 내 좁은 방은 늘 붐볐다.

우리 학년에 우리 집에 자주 오는 친구들은 여러 가지 면에서 모범생이었다. 공부는 기본이고 축구 혹은 배구선수는 되어야 하고 무슨 특기를 갖고 있는 친구, 하다못해 웅변이나 입담이라도 좋아야 끼일 수가 있었다.

제법 잘났다고 뽐내던 시절에 하루는 저녁밥을 먹고 나니 아버지가 부르시더니 느닷없이 '관포지교'에 대해 물으셨다. 옛날 중국 고사에 나오는 '관중과 포숙아의 우정 이야기'라고 대답했다.

사람에게는 친구간에 우정이 참으로 중요하고 그 우정은 어릴 때 동고동락하면서 형성되는 것이라며 좋은 우정을 쌓아가라고 당부하셨다.

그리고 관포지교를 좀 더 공부해서 자세하게 설명해 보라고 숙제를 주셨다. 관중과 포숙아는 본래 한 지역에 사는 어릴 적부터 친구였다. 관중은 홀어머니를 모시고 집이 가난하였고 포숙아는 비교적 여유 있는 가정에서 자랐다. 동문수학하면서 서로 똑똑하여 공부를 잘 하였는데 관중이 약삭빠르고 여러 가지 영리한 면이 많고 우수하였으나 인간됨이나 인격적인 면에서 보면 포숙아가 훨씬 돋보였다.

포숙아는 마치 맘씨 좋은 형과 같이 항상 관중을 두둔하고 돌보고 보호자 같은 역할을 하였다. 어린 시절 신나게 놀고 나서 배가 고팠는데 건너편 산비탈 과일나무에 열매가 먹음직스럽게 몇 개 열려 있었다. 그런데 앞에는 넓고 깊은 개울에 흙탕물이 세차게 흐르고 있었다.

그래서 아이들이 그 과일을 손대지 못하고 남겨두었던 것이다. 관중이 혼잣말로 "아! 배고프다 저 과일 참 맛있겠다" 하였더니 포숙아가 웃으면서 신발을 벗고 바지를 걷어 흙탕물을 건너서 과일을 따 가지고 왔다. 그리고 관중에게 주었더니 과일 한 개를 맛있게 먹고 나서 포숙아가 갖고 있는 것도 먹어 버렸던 것이다. 미안해진 관중이 사과했지만 포숙아는 "아니 너희 집에는 먹을 것이 적을 테고 너는 나보다 덩치가 크니까 많이 먹어야 해! 미안해 하지 마"라고 웃으며 대답했다고 한다.

시간이 흘러 두 사람은 청년이 되어 공동투자로 붓장사를 한 적이 있었다. 열심히 장사해서 짭짤한 수익을 올렸는데 이익금의 9할을 관중이 가져갔다. 주변 상인들이 그런 관중의 상행위를 비난하게 되자 포숙아가 관중은 나보다 가난하고 쓸 곳이 많아서 그러니 너무 야단하지 말라고 대수롭잖게 이해시키더라는 것이다.

두 친구는 나란히 군대에 들어가서 같은 전장에 배치되었다. 한참 전투가 시작되어 일진일퇴를 거듭하는 치열한 전투 중에 전세가 약간 불리해지자 관중이 냅다 도망쳐 버렸다고 한다.

전투가 끝난 뒤에 관중의 탈영이 문제 되었고 부대원들이 처벌해야 한다고 보고하였다. 이때 제일 용감하게 잘 싸운 포숙아가 나아가 관중은 외아들이고 병든 노모를 모시고 있기 때문에 그랬다고 적극적으로 옹호해서 무마했다고 한다.

관중과 포숙아는 제나라에 등용되어 관리가 되었다. 관중은 제나라 왕의 둘째 동생인 규를 모시고, 포숙아는 왕의 셋째 동생인 소백을 모셨는데 두 형제 모두 큰형인 왕의 폭정을 피해 이웃 나라에 피신해 있었다.

이때 왕이 피살되고 왕위가 공석이 되는 사태가 발생했다. 왕의 서열에 있는 두 형제가 먼저 도착하여 왕위를 차지하는 자가 왕이 되는 순간이었다. 거리상으로는 포숙아가 모시는 셋째 소백이 유리하였다. 그래서 둘째 규를 모시고 있던 관중이 부하들과 말을 달려 소백의 길목에 매복해 있다가 소백에게 활을 쏘았는데 명중하여 고

꾸라지는 것을 보았다.

그래서 느긋하게 주군인 규를 모시고 입성하였더니 이게 어찌 된 일입니까? 죽은 줄 알았던 소백이 왕이 되어 규의 일행을 기다리고 있는 것이 아닌가. 관중과 참모는 규를 모시고 황급히 인접한 노나라로 도망쳤던 것이다. 소백은 허리벨트에 화살을 맞고 살았는데 순간적으로 죽은 것처럼 기지를 발휘하여 관중 일행을 속였던 것이다.

이제 관중 일행은 살아날 길이 없었던 것이다. 제나라 왕 소백(후에 환공)은 상대적으로 약한 노나라에 대해 다음과 같이 요구했다.

"규는 내 형제이므로 내 손으로 죽일 수 없으니 노나라에서 처리해 주길 바란다."

이에 노나라가 규를 죽이자 다른 참모들 또한 자결하여 주군의 뒤를 따랐다.

그러나 관중은 달랐다. 얌체 같은 관중은 죽을 때 죽더라도 압송되어 제나라로 끌려갔다. 소백 왕은 활을 쏴서 죽일려고 한 장본인이기 때문에 살아남을 가능성은 극히 희박한 상황이었다.

이즈음 포숙아는 왕께 은밀하게 접촉하여 관중을 죽이지 말고 활용해 달라는 주청을 하게 되었다.

"주군께서는 제나라만 다스린다면 지금 저 하나만으로도 충분하리라 생각합니다. 그러나 천하를 다스리는 패자가 되고자 하신다면 관중이야말로 주군에게 꼭 필요한 인재가 될 것입니다."

인재를 귀하게 생각하는 환공이기에 혹시 노나라에서 관중을 잡아두는 일이 없도록 조치하고 관중을 데려왔던 것이다.

그 배후에는 포숙아의 치밀한 계획, 친구를 살려내기 위한 깊은 생각이 있었기 때문이다. 이리하여 제나라 환공은 춘추오패의 선두 주자가 되는 기초를 만들었고, 제나라는 재상 관중의 정책하에 농업 위주였던 산업에 상공업이 발전하고 부강한 나라로 성장하게 되었다. 창고가 차야 예절을 알게 되고, 먹고 입는 것이 풍족해야 명예와 치욕을 알게 된다는 현대적 경제이론으로도 손색없는 복지경제를 지향했던 관중의 부국론이 명재상을 만들었다.

대만의 역사학자 백양은 환공이 육신이었다면 관중은 영혼이었다고 하면서 환공의 위대한 점은 관중을 기용했기 때문이라고 평가했다.

포숙아는 관중이 제나라 조정에서 자리를 잡게 되자 조용히 뒤로 물러나 그의 정책을 도왔다. 참으로 대단한 인품을 가진 사람이었

다. 세상에 이런 사람이 어디 있을까? 이런 친구가 있으면 얼마나 좋을까? 문득 그런 생각을 해 본다.

역사가인 사마천도 사기에서 포숙아를 관중보다 훨씬 높게 평가하고 그를 칭송한 것을 보면 그의 우정 어린 단면을 길이 전하고 싶어서 그렇게 했을 것이다.

관중도 나중에 친구 포숙아에게 감사하면서 "나를 낳아준 이는 부모지만 나를 알아준 사람은 포숙아다"라고 술회했다.

여섯 번째, 롤모델인 마쓰시타

아버지는 가끔 역사와 시국에 대한 이야기를 하실 때가 있었다. 구한말에 관리들의 부패와 정치꾼들의 잘못으로 나라를 빼앗기고 말았다고 원통해 했다. 1926년생이시니까 일제강점기 중간쯤 태어나 청년 시절까지 보냈으니 그동안 알게 모르게 고생이 많았던 것 같다. 서민들의 경우 어려움이야 조선시대 때나 일제 때나 마찬가지였지만 오히려 일자리는 일제시대가 많았다고 하였다.

차별과 전쟁의 공포가 많아서 늘 불안한 가운데도 새로운 문물에 대한 호기심, 그리고 앞으로 더 나아지리라는 기대가 있어 때로는 저항하고 때로는 협조하면서 살았다고 한다.

구한말에 관리들의 수탈과 혈연분파 정치가 심했기 때문에 어떤 의미에서 구심점이 없어 방황했는데 일제강점기는 싸워야 하는 적이 있고 찾아야 하는 나라가 있어서 언제나 단결하고 뭉칠 수가 있었다는 것이다. 어떤 때는 일본의 젊은이가 부러울 때도 많았다고 한다.

세계를 제패하는 젊은이의 꿈을 가진 젊은이와 나라를 찾겠다고 몸부림치는 젊은이를 비교하면 분통이 터진다고 하시면서 조선 말에 권력자들이 시대의 흐름에 둔감했으며 자기들의 이익에만 눈이 어두워서 나라를 이 모양으로 만들었다는 것이다.

더욱이 동족인 국민에 대한 착취와 고통을 주면서도 망해 가는 나라의 장래를 몰랐다니 어찌 격변하는 환경에서 나라의 존립이 온전했겠는가? 젊은이들에게 꿈과 희망을 주지 못한다면 그런 국가나 정부는 필요없다는 것이 아버지의 지론이었다.

그래서 항상 아버지는 공무원이 많으면 안 된다고도 하였다. 학문적인 고찰에서 나온 것이 아니라 경험치에서 하는 견해였지만 일리 있는 주장이라 생각했다. 조선의 역사 500년간 관리들의 횡포 때문에 백성의 창의력이 진보하지 못하였고 관리들의 군림하는 속성 때문에 망했다는 것이었다.

한국에 대한 책을 저술한 영국의 비숍 여사가 분석한 자료에서도 우리나라 사람들의 속성과 왜곡된 관료제도가 얼마나 국민을 괴롭히며 민간의 잠재력을 잠식했는지를 미루어 짐작할 수 있다.

아버지는 일본의 공무원 자세가 한국의 공무원보다 훨씬 괜찮다고 보았고, 특히 그들의 장인정신에 대해서는 본받아야 한다는 주장을 여러 번 들은 일이 있다. 일본의 기업가 중에서 마쓰시타 고노스케를 참 좋아하셨다.

어릴 때 부친이 사업 실패하고 가세가 기울어져서 소학교를 중퇴

한 처지가 되어 버린 고노스케가 어쩌면 내 아버지가 처한 가정형편과 비슷하다는 동료의식을 느끼셨는지 모르지만 같은 전자제품이라도 파나소닉을 소니보다 훨씬 선호하신 걸 보면 마쓰시타를 존경하신 것은 분명한 것 같았다.

마쓰시타 고노스케의 훌륭한 점은 여러 가지가 있지만 그 중에서도 그의 인생에서 세 가지 큰 약점, 즉 생존경쟁에서 가장 태생적으로 취약한 약점을 하나님의 은혜로 생각하고 축복의 기회로 삼았다고 하는 점이다.

그 첫째는 가난한 집안에서 태어난 것을 은혜로 꼽았다는 것이다. 그는 11세에 기울어져 가는 가세에 설상가상으로 아버지마저 돌아가셔서 소학교 4학년을 중퇴하고 자전거상점 점원으로 들어가게 되었다.

그 때부터 인생의 역경이 시작되는데 이로 말미암아 부지런히 일해야 살 수 있고, 남보다 앞서려면 더 열심히 노력해야 한다는 진리를 일찍부터 깨달아 알게 되었다고 한다. 언제나 남보다 먼저 일어나고 늦게까지 일하는 습관을 가졌다는 것이다.

둘째는 약하게 태어났기 때문에 건강의 소중함을 일찍 깨달았다는 것이다. 마쓰시타는 어릴 때 몸이 허약해서 체력으로 견디는 일이나 힘쓰는 일은 어려웠고 무리하면 코피를 흘리고 피곤해 했다고 한다.

그래서 평생을 통해 꾸준히 운동하고 자기 몸을 단련하기 위해 꾸준히 노력했다. 그런 노력으로 나이가 들어서도 건강을 유지하고 94세까지 냉수마찰로 몸을 단련하면서 비교적 무병장수하였다고 한다.

셋째는 학력이 초등학교 중퇴밖에 안 되었기 때문에 이 세상 모든 사람을 스승으로 삼고 평생을 살았다는 것이다. 마쓰시타의 학력에 대해서는 간사이상공학교를 그만둔 기록도 있지만 제대로 공부한 것은 역시 짧은 기간이었고, 사회생활과 인간관계를 통해 경험하며 배우고 경영철학을 정립했던 것이다.

그래서 항상 겸손하고 온유한 성품을 가질 수 있었다고 한다. 어느 날 마쓰시타 회장이 비서와 함께 부둣가를 걷고 있었는데 갑자기 덩치가 큰 남자가 다가와 부딪쳐 바다에 빠졌다고 했다.

비서가 깜짝 놀라 구출하고 나서 그 남자를 혼내 주겠다고 하니, 회장이 "괜한 짓 하지 말게. 혼낸다고 내가 바다에 빠지지 않는 것으로 되는 것은 아닐세. 여름이라 시원하군. 어서 가던 길이나 가세!"라며 웃더라고 한다.

대단한 분이다. 그리고 이분의 행복론이 가슴 찡하다. 여유롭고 늘 감사하는 마음, 그리고 따뜻한 미소가 나의 무기이다.

화내도 하루, 웃어도 하루, 어차피 주어진 시간은 똑같은 하루인데 기왕이면 불평 대신에 감사!

부정 대신에 긍정!

절망 대신에 희망!

우울한 날을 맑은 날로 바꿀 수 있는 건 바로 나의 미소이다. '덕분에' 라는 말과 '때문에' 라는 말이 있다. 그런데 그 말의 차이는 엄청난 결과를 가져다준다. 언제나 긍정적인 태도를 반복적으로 선택하는 것이 숱한 어려움을 극복하는 나의 비결이었다.

남들은 나를 경영의 신이라고 하고 수많은 경영신화를 이루었다고 하지만 90세가 넘기까지 나는 한 번도 나 홀로 한 것이라 생각해 본 적이 없다. 오로지 '덕분에' 라는 말이 나의 오늘이 있게 만든 것이다. 가난한 집안에 태어난 '덕분에' 어릴 때부터 갖가지 힘든 일을 하며 세상살이에 필요한 지혜를 쌓았다.

나는 허약한 아이였던 '덕분에' 운동을 열심히 하고 건강을 유지할 수 있었다. 나는 학교 교육을 제대로 받지 못한 "덕분에" 모든 사람을 스승으로 모시고 배우며 익힐 수 있었다.

참으로 대단한 분이셨고 멋진 분이셨다. 이렇게 겸손함의 뒷면에 그가 사업가로서 훌륭한 점은 무엇보다 사업의 미래를 내다보는 비전과 통찰력이 있었다.

그리고 사람을 키우고 다룰 줄 아는 능력이 있었고, 구상된 큰 계획을 끝까지 치밀하게 완수하는 끈기가 있었다. 이런 분의 생활을 배웠으면 좋겠다는 것이 아버지의 바람이었다고 생각한다.

02

우리 어머니 이야기

　어머니는 1928년 경남 남해군 물건리 바닷가 경치 좋은 마을에서 태어나셨다. 지금 한국의 독일마을이 있는 해변가인데 느티나무와 소나무로 된 방풍림이 포구를 감싸고 있는 풍광이 참으로 빼어난 곳이다. 그곳에서 18세에 시집와서 우리 나이로 65세가 되는 해인 1992년에 남해병원에서 뇌출혈로 돌아가셨으니 만 65세를 넘기지 못하셨다.

　돌아가신 어머니 이야기를 하면 누구나 숙연해지는 것이 아니겠

는가. 해방 전후로부터 세계에서 제일 가난한 나라 대한민국의 어머니들은 가난을 숙명으로 알고 사신 분들이다. 한 마디로 고생만 하시다가 살 만하니 병을 얻어 돌아가셨다.

우리 어머니는 아들만 다섯을 낳아 키우셨는데 아버지가 외아들이라 처음에는 얼마나 자랑스러웠는지 다섯 번째 아들을 낳았을 때도 딸이면 어쩌나 했다 하니 어머니의 아들 욕심이 어느 정도인지 짐작이 간다.

물론 나중에는 딸이 없어 자신이 외롭다는 말을 많이 하셨다. 그 시대의 어머니들이 다 그렇게 하였듯이 아들의 장래를 위해 항상 희생하였기에 아들은 어머니가 나는 괜찮다는 말의 참뜻과 사실을 헤아리지 못하는 경우가 너무 많았다.

말년에 늘 건강 걱정

결국 어머니가 갑자기 빨리 돌아가시게 된 원인이 이런 구태의연한 아들들의 무관심이었다. 나는 당시에 일본 동경에서 근무하고 있던 시절인데 3일 전에 전화하면서 건강 조심하시라 했더니 내 병은 내가 알고 있으니 걱정하지 말고 너나 조심하고 잘 지내라고 오히려 당부하셨다.

어머니는 허리디스크로 오랫동안 고생을 하셨다. 당시는 치료가 어려운 병이라 서울의 한양대학병원에서 한달 간이나 입원 치료를 받았지만 치료 당시에는 좀 나아지다가 나쁜 자세에서 일하게 되면 금방 나빠져서 고생하곤 하셨다. 자꾸 아프니까 진통제를 과다하게 복용하게 되고 그 후유증으로 고혈압이 악화되었는데 이를 자식들에게 일일이 말 못하고 지냈던 것 같다.

돌아가시던 날은 시골 논에 모내기를 하는 바쁜 날이라 어머니는 당연히 무리하였을 것이다.

일손이 부족한데 안주인 어머니가 가만있을 리 없었을 테고 아픈 몸 이끌고 비탈길 올라가다 동네 내 친구를 만났는데 며칠 전부터 이렇게 머리가 깨어질 듯이 아픈데 그래도 사는 것이 용하다면서 아픈 내색을 하셨다 한다.

이 때는 허리도 아팠지만 머리가 더 아파 견딜 수 없었던 것이다. 아마 혈압이 너무 올라 뇌출혈 직전이었던 것 같다. 그날 모내기 묘판에서 허리 굽혀 엎드려 일하던 어머니는 갑자기 쓰러져 혼수상태에 빠져들었고 다시는 깨어나지 못하고 말았다.

이렇게 어머니는 허무하게 돌아가셨다. 조금만 신경 쓰고 있었더라면, 혈압조절만 하였더라면 괜찮았을 것. 아무리 인명은 재천이라 하지만 이것은 인재라는 생각 때문에 한동안 아버지도, 동생들도 원망스러웠다. 딸이 있으면 할 말이 많은데 며느리는 딸이 될 수 없고, 아들은 영원한 손님이라는 말에서 말년에 어머니의 외로움이 어떠했는지 짐작이 되었다.

긴병에 효자 없다는 말이 있듯이 오랫동안 병마에 시달리면서 고통스런 세월이 얼마나 많았을까. 고통스럽게 오래 계속되는 만성통증은 근육 마르듯이 뇌도 마르게 한다는 것이 의학계 이론이다. 말하자면 오랜 통증이 어머니의 육체를 피폐하게 하고 정신을 쇠잔하게 했다는 이야기다.

젊은 시절의 어머니는 참으로 당차고 추진력이 있었다. 내가 초등학교 때는 공부도 잘하고 운동도 남에게 떨어지지 않아서 어머니에게는 늘 자랑스러웠던 같다. 시골 학교에서야 운동이라 해야 축구, 배구 그리고 달리기 정도인데 내가 항상 우수 선수로 뛰었고, 반장으로 리더십도 있고 해서 어머니들 사이에서도 인기가 좋았던 것 같다.

어머니뿐만 아니라 할머니, 할아버지도 외아들인 아버지에게서 태어났기에 얼마나 사랑을 받았겠는가. 그런 내가 내 친구 B군의 아버지인 국민학교 기성회장한테 뺨을 몇 차례 얻어맞는 일이 있었다. 그것도 수업시간 중에 밖으로 불려 나가 담임선생님이 보는 앞에서 초등학교 5학년짜리가 삼국지 동탁이처럼 기름기가 줄줄 흐르는 덩치 좋은 배불뚝이 어른이 마음 놓고 때렸으니 시뻘겋게 부어오른 통통한 내 뺨에 어른 손자국이 두 시간이 지나도 선명하게 나 있었다.

담임선생님도 기가 막혔든지 얼굴이 일그러져 있었다. 기성회장의 권력이 막강하던 시절에 선생님들이 무슨 말을 할 수 있었겠는가. 별로 아프지는 않았으나 분하기 짝이 없었다.

내가 자기 아들 새로 산 고무공으로 축구를 하다가 터트린 것을 물어주지 않았다는 것이다. B군도 같이 축구를 했는데 어떻게 어른이 그럴 수가 있는가.

그 동탁이 아저씨는 일제시대에 일본 형사 앞잡이 노릇을 하면서 돈을 모아 당시에는 면사무소, 경찰지서, 학교 등지에 힘 있는 지역 간부로 자문역할을 하고 있었기에 한 마디로 인품은 형편없는 사람이었고, 그 언행이 많은 사람들에게 상처를 주고 있었던 것이다. 요새 인기 있는 미니시리즈 이태원 클래스의 장가라는 식품회사의 장회장 같은 인물이었던 것이다. 아마 그 역할이 매우 잘 어울릴 만한 사람이었다.

그런 환경과 시기에 돈 없고 빽 없는 내가 잘 못 걸린 거지. 한바탕 안주거리 상대가 되었는 줄 모르겠다. 내가 뺨 맞은 사실은 우리 동네 친구가 이야기했는지 금방 우리 어머니가 알게 되어 B군 집에 찾아갔다고 한다.

아이들 일에 어떻게 어른이 나서서 경우에도 없는 짓을 하느냐고 B군 아빠한테 따졌던 것이다. 고무공 열 개라도 사낼 테니 사과하시라고 강하게 항의하고, "친구 아버지라면 아버지와 마찬가지인데 아이들이 잘못하면 타이르고 사이좋게 지내라고 격려해야지 어른으로서 너무하지 않았느냐"고 기성회장이면 그래도 되느냐고 모범을 보여야지 한바탕 소동 끝에 사과를 받고 다시는 그런 일이 없을 것이라며 다짐을 받았다고 했다.

당당하던 어머니, 병으로 쇠잔

30대의 젊은 여자가 겁도 없이, 물론 아들 일이라서 그렇게 했겠지만 논리도 정연하고 의협심도 강한 데다가 당당한 성격이라 젊었을 때 어머니는 참 멋있게 보였는데 오랜 투병생활을 겪으면서 완전히 다른 사람이 되어 버렸다.

일제시대에 일본 놈 형사 앞잡이하던 사람이 어떻게 아직도 저렇게 권력을 누리고 떵떵거리며 살면서 다른 사람을 괴롭히는지 모르겠다며 통분해 하던 분이 어머니였고, '너는 저런 인간을 타산지석으로 생각하여 나라를 위해 큰 인물이 되라' 고 하신 분도 멋있는 우리 어머니셨다.

그러기 위해서는 처음에는 열심히 공부해야 하고 다음에는 훌륭한 인격자가 되어야 한다고 하셨는데…….

우리 집 논밭은 문전옥답이 아니고 모두 멀리 흩어져 있어 일거리가 많았다. 할아버지가 장만한 천수답인 자갈논은 모두 재 너머 멀리 있어 아침 일찍 일어나 거름을 지게에 지고 두 번 왕복하고 나면 밥 먹고 학교 가기 바빴다.

중학교 1학년짜리가 지고 가는 거름 양이 얼마나 되려나? 손수레 리어카 생각을 많이 하면서 자랐다. 바퀴 달린 수레에 실어 가면 많은 양을 운반할 텐데 이렇게 비능률적인 일을 하는구나, 하면서도 내 힘으로 할 수 있는 일이 아무것도 없었다.

이 일들을 아버지가 선원 생활을 그만두고 집으로 올 때까지 어머니가 중심이 되어 연로하신 할아버지, 할머니 모시고 농사일을 하여 아들 다섯을 학교 보내고 먹고 살았다. 그러니 농촌 생활에 어머니의 고생이야 일러 무삼하리요.

그래도 우리 집은 아버지가 공무원을 했기에 남의 집에 돈 빌리러 가지 않고, 학교 등록금 내지 않았다고 쫓겨 오지 않고 밥 굶지 않고 학교 다닐 수 있었던 것이 큰 다행이었다. 당시에는 7,8할의 아이들이 점심을 굶고 월말 되면 절반이 등록금을 내지 못해 귀가 조치되는 시대였으니 중학교만 다녀도 큰 특혜였다.

아버지는 일제강점기에 면사무소 면서기 견습생(급사)으로 들어가 일년 뒤에 면서기가 되었다고 한다. 그런데 그 당시 남해군청에서 군민의 교통 사정을 돕기 위해 순행여객선을 만들어 군청에서 직접 운영하고 좋은 대우를 하게 되면서 그곳으로 옮겨 군청 공무원인 선원이 되었다고 한다.

그 덕분에 그런대로 여유있게 살았으나 어머니가 건강하게 잘 버텨주었기에 가능하였던 것이다. 어머니는 머슴처럼 일했고 근검절약해서 자식들을 모두 고등교육을 받도록 노력했다.

그러던 어머니가 50대에 들어서 허리디스크로 고생하시더니 고혈압도 생기고 점점 몸이 망가져 갔다. 그래서 서울에 오시게 해서 대학병원에 입원, 본격적인 치료를 받았는데 당시만 해도 디스크 치료가 약물과 물리치료가 대부분이고 수술은 매우 위험하다고 생각하던 시절이었다.

어머니는 시간이 걸리는 교정치료나 물리치료에 대해서 불평이 많으시고 계속해서 퇴원하고 싶어 했다. 다른 병은 계속 약 드시고 지내시면 되는데 허리는 쉬어야 하는 병이라 집에 가서 쉬실 수 있으면 퇴원해도 좋다고 하는 의사의 말을 듣고 한달 만에 퇴원했다. 시골 가면 절대 쉴 수 없다는 것을 알면서도 아들 형편을 생각해서인지 영감님 걱정 때문에 그런지 마음에 걸리는 문제가 한두 개가 아니었겠지?

어머니가 퇴원하고 나서 우리 집에 계신 열흘 간 어머니와 제일 많은 이야기를 한 것 같다.

　우리 집안에 대한 이야기, 할머니가 참 잘 해 주셨고 지금까지 어머니도 잘 하셨는데, 앞으로도 잘 되어야 하는데 어머니 건강이 좋지 않으니 어쩌면 좋을까, 서로 걱정하며 일주일을 보냈다.

　한 가문이 화목하려면 아버지의 역할보다는 어머니의 역할이 더 중요하고 앞으로 화목과 협력이 잘 되려면 며느리들이 잘 해야 한다. 그러려면 아직은 내가 버티고 있어야 하는데 하면서도 자꾸만 아프니까 자신이 없어져 간다고 하셨다.

　자신을 잃어가는 어머니의 말씀을 들으면서 마음이 아팠다. 딸이 있었으면 엄마의 깊은 마음을 알아줄 수 있었을 텐데 아들들은 엄마의 마음을 모른다고 서운해 하기도 하셨다.

양사언 모친을 존경한 어머니

어느 날 저녁인 것 같다. 어머니가 달력에 걸려 있는 태산 그림을 보면서 시조를 줄줄 외는 것이다. '태산가(泰山歌)'라는 고시조를 한국의 학생이라면 어릴 적부터 애송하던 시조이지만 어머니가 외는 것은 처음 들었다.

> 태산이 높다 하되 하늘 아래 뫼이로다
> 오르고 또 오르면 못 오를리 없건마는
> 사람이 제 아니 오르고 뫼만 높다 하더라

참 좋은 시조가 아니냐고 하시면서 사람이 열심히 노력하면 안 될 것이 없는데 노력도 해 보지 않고 안 된다고 한다. 만고에 교훈을 주는 글이라고 칭찬을 하였다. 그리고 양사언의 어머니 이야기를 아느냐고 물으셨다. 모른다고 했더니 그 친모가 첩이었는데 아들을 서자로 살지 않도록 하기 위해 자결했다고 한다.

나도 오래된 이야기라 자세하게 설명하기 어려우니 도서관에 가서 네가 찾아보고 낼 얘기하자고 하셨다. 우리 은행 도서관을 뒤져서 양사언 스토리를 찾아내고 깜짝 놀랐다. 그 어머니가 참으로 대단한 여인이구나!

태산가를 쓴 양사언의 본관은 청주, 아버지는 양희수(楊希洙)로 중종 12년(1517)에 태어났다. 위로 이복 형 양사준(楊士俊)이 있었고, 어머니가 같은 아우 양사기(楊士奇)가 있어 3형제가 모두 당대에 문장가요 존경받는 명망가가 되었다.

또한 3형제가 모두 대과에 올라 벼슬을 했는데 한결같이 청백리로 칭송을 받았다. 맏형 양사준은 명종 1년(1546) 문과에 급제, 돈녕부 종4품 첨정(僉正)까지 올랐다.

성품이 인자하고 행실이 발라 사람들로부터 존경을 받았고, 양사언도 형과 함께 대과에 올라 강릉(江陵), 철원 등 8개 고을을 거치며 청렴결백한 수령으로 이름을 날렸다. 그는 시문에 능했고 글씨를 잘 써 안평대군, 김구(金絿), 한호(韓濩)와 함께 조선 전기 4대 서가로 일컬어졌다.

막내 양사기는 명종 때 별시 문과에 급제하여 호조좌랑에 오른 뒤 원주·부평 등 7개 고을 수령을 지냈는데 가는 곳마다 청백한 기풍을 남겼고 문필에 뛰어나 세상에 평판이 드높았다.

이 같은 양사언 3형제의 영광은 양사언 생모가 오직 하나뿐인 자신의 목숨을 바쳐 얻은 희생의 결과였음을 아는 사람은 드물다. 자고로 훌륭한 인물은 위대한 어머니의 피맺힌 은공이 뒤에 숨어 있음을 우리는 흔히 발견할 수 있다.

양사언의 생모는 처녀시절 그야말로 우연한 인연으로 양사언의 아버지 양희수의 후실이 되어 양사언과 양사기 형제를 낳았던 것이다.

아버지 양희수가 어느 해 봄날 전라도 영광군수로 발령 받아 가는 길에, 아침 밥 때가 되어 때마침 농번기라 소녀 혼자 집을 지키는 한 농가에 들러 소녀로부터 식사 대접을 받는데, 음식을 마련해 주는 소녀의 태도가 너무 어른스럽고 품위가 넘쳐 양희수는 감동했다. 배불리 대접을 받고 집을 나서던 양희수는 고마움의 표시로 소매 속에서 청색과 홍색으로 된 부채 두 개를 꺼내 소녀에게 주면서 농담조로 "이는 내가 네게 채단(采緞)으로 주는 것이니 받으라!" 했다. 요즘 같으면 성희롱으로 걸릴 말이었다.

채단이란 당시 혼인을 앞둔 총각측이 처녀 집에 보내는 청·홍색 치마저고릿감 비단이 아니던가.

소녀는 군수의 풍모를 보고 농으로 받아들이지 않고 결심한 듯 "채단을 어찌 맨손으로 받겠나이까?" 하며 급히 방안으로 들어가 붉은 보자기를 갖고 나와 펴더니 두 자루 부채를 싸서 안방으로 가지고 들어갔다.

몇 년이 흐른 뒤 소녀의 아버지는 "결코 다른 데는 시집을 안 간다"고 뻗대는 딸의 하소연을 듣고, 수소문 끝에 양희수 군수를 찾아 벌어진 일을 말하지 않을 수 없었다.

몇 해가 흐른 옛일이라 잊고 있었던 양희수 군수는 아침 밥 대접을 잘 받고 부채 두 자루 준 대가로 참한 규수까지 얻게 되어 기분이 좋았다.

그러나 이미 적자 양사준을 낳은 정부인이 엄연히 버티고 있었기에 소녀를 또 한 사람의 아내로 맞으니 그녀의 신분은 당연히 소실(小室)이 될 수밖에 없었다. 이리하여 첩된 몸으로 양사언과 양사기 형제를 낳으니, 본실 태생 양사준과는 신분 차이가 있을 수밖에 없었다.

얼마의 세월이 지난 후 양희수의 정실부인이 죽고 후처가 된 양사언 생모가 3형제를 도맡아 극진히 길렀는데, 양사언과 사기 형제는 어머니가 첩실 때 낳은 아이라 허물을 벗지 못했다. 양사언 생모는 자나 깨나 두 아들들의 서자 딱지를 벗겨주는 게 꿈이었다.

드디어 때가 왔다. 3형제가 철이 들었을 때 아버지 양희수가 숨졌을 때 양사언의 생모는 궁리 끝에 극단의 길을 택했다. 그녀는 남편 장례를 치르는 날, 가족들이 함께한 자리에서 맏아들 양사준에게 울면서 매달렸다.

"내가 지금 영감님 성복(成服)과 함께 목숨을 끊고 큰 아드님이 영감님과 같이 복을 입어 준다면, 사람들이 복제를 혼돈, 내가 첩인지 분간하기 어려울 것입니다. 내 이미 작정한 몸, 무엇을 주저하겠소! 내가 죽은 뒤 내 자식 사언과 사기 형제를 서자로 부르지 않는다고

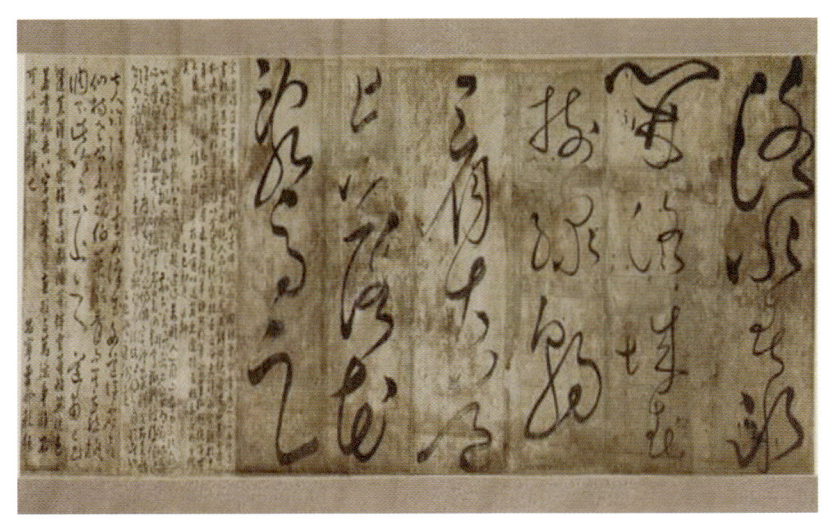

언약하면 기꺼이 영감님 곁에 눕겠소"라 하였고, 양사준이 동의하니 품속에서 단검을 꺼내 처참하게 자결, 목숨을 버렸던 것이다.

양사언 초상화

이리하여 양사언 형제는 서자라는 약점을 벗을 수 있었고, 모두 대과에 올라 백성들이 존경하는 양리가 되었을 뿐 아니라 무엇보다 의좋은 형제로 길이 남았다고 한다.

이같이 감동적인 이야기를 나누면서 어머니는 "자기를 낳아준 엄마가 아니면 절대로 일어나지 못하는 일이라고 생각한다. 여자는 약하지만 어머니는 강하다는 말이 있잖나! 나도 너희들 키우면서 어떻게 하면 잘 키울까 하는 생각을 한 번도 잊은 일이 없었다"고 하셨다.

조선왕조 5백년 역사 속에서 가장 위대한 어머니가 양사언의 어머니라고 하시면서 이런 머리와 마음가짐을 가진 사람이 한 집안에 며느리로 들어오면 큰 축복이고 크게 되는 집안이라 하신 말씀이 어제 같다.

03

아버지와 어머니의 노래

트로트는 우리 민족의 애환을 잘 표현하는 노래라 생각한다. 국악에서 판소리, 아리랑, 경기민요 등의 구성진 가락이 한국인의 한을 노래했듯이 한국의 트로트도 그 맥을 이어 한국 사람들이 얼마나 멋지게 그 한을 표현하는지 놀랄 지경이다.

언젠가 일본 동경에서 근무하던 시절, 일본 친구와 함께 한국의 노래방에 갔던 적이 있다. 그 친구가 한국의 트로트는 일본의 엔카와 유사해서 일본 엔카를 모방해서 유래된 것이 아닌가 싶었는데 한국에 전통적인 한의 노래가 이미 존재하는 것을 알고 보니 역시 한국의 역사가 한 수 위라고 실토한 일이 있다. 그래서 그런지 국악을 하던 사람이 그 창법을 살려 트로트를 하면 잘 한다고 한다.

어머니의 노래

트로트가 얽힌 이야기는 많다. 내가 어릴 적에 친척이나 동네 누나들이 라디오에서 흘러나오는 노래 가사를 깨알같이 작고 예쁜 글

씨로 베껴서 주면 참 좋아했고 노래를 가르쳐 주고 감홍시 사과 같은 선물을 받기도 했다. 가락이 구성지고 부르기가 쉽기 때문에 몇 번 들으면 부를 수 있어서 목소리만 좋으면 인기 좋았던 시절도 있었다.

그 때는 누나들이 시집가면 신부가 반드시 노래를 불렀던 적도 있었던 시기였기에 시골에서는 트로트의 인기가 매우 높았다. 우리 어머니도 트로트를 좋아하셨지만 부르는 것, 소위 18번 같은 것은 들어 본 적이 없다. 그래도 자식들 노래 부르는 것을 좋아하고 듣는 것을 좋아하셨다.

그런데 어느 명절날 친구분들하고 모여 장구로 리듬을 맞춰 노래하는데 어머니의 노랫소리도 들렸다. 노래는 우리 옆집 숙모가 잘하기에 어머니는 못하는 걸로 알았는데 곧장 따라 하고 있었다. 특히 독창으로 하는 노래를 듣고 깜짝 놀랐다. 목소리도 박자도 그렇게 틀리지 않았다.

아침에 우는 새는 배가 고파 울고요
저녁에 우는 새는 님이 보고파 운다
너영나영 두리둥실 놀고요
낮에 낮에나 밤에 밤에나 참사랑이로구나

우리 집 낭군은 명태잡이를 갔는데
바람아 강풍아 불지를 말아라
너영나영 두리둥실 놀고요

낮에 낮에나 밤에 밤에나 참사랑이로구나

호박은 늙으면 맛이나 좋구요
사람은 늙으면 한세상이로구나
너영나영 두리둥실 놀고요
낮에 낮에나 밤에 밤에나 참사랑이로구나

어머니 노래는 민요이지만 민요나 트로트는 부르기가 쉬운 것이 큰 장점이고 우리의 정서를 잘 대변하고 있는 점에서 같은 맥락이다. 그래서 우리에게 친근한 음악이다. 그러나 한때 가사가 너무 선정적이고 세속적인 면도 있어 학교 음악교육에서는 노래를 트로트 식으로 부르다간 큰일 난 시절도 있었다.

내가 다닌 고등학교 음악 선생님은 상당히 유명한 음악 평론가였는데 실기시험에서 그 노래는 뽕짝식이구나 하면 거의 빵점 수준이었다. 특히 교회음악에서는 트로트를 금기시해 온 것도 유명하다. 제 선배가 독실한 기독교인이었는데 여러 장르의 음악을 좋아하고 트로트도 곧잘 부르곤 했는데 교회 다니면서 트로트를 부를 일이 별로 없었다고 한다.

묘하게도 교회야유회 때 친구가 자꾸 요청해서 모처럼 구성진 트로트를 한 곡 뽑았더니 모두 잘 한다고 박수를 쳤는데 나이 든 권사님들의 표정이 이상하더라는 것이다. 그때가 장로를 뽑는 선거기간이었는데 찬송가보다 세속적으로 타락한 노래를 좋아하는 후보라고 낙인찍혀 탈락하고 그 뒤에도 3년이나 고생했다는 일화가 있었다.

이제 트로트가 새롭게 평가받는 시기가 온 것 같다. 온통 트로트 이야기가 방송에 도배를 하고 있다. 코로나로 말미암아 방송을 들을 시간이 많아졌는데 들을 만한 프로가 마땅찮은 차에 트로트의 매력에 빠진 것이 아닌가 싶다.

나도 그중 한 사람이었으니까. 코로나로 죽어가는 사람이 많은데 문상은커녕 부고하기도 미안할 지경이 되었으니 트로트 곡조에 위안받는 사람이 많았으리라 생각된다.

실제로 내 친구가 몇 년 전에 마누라를 하늘나라로 먼저 보내고 마음 둘 곳이 없어 무척 방황했는데 그 시기에 트로트 경연대회가 많아 큰 위로를 받았다는 이야기를 들었다. 2020~2024년은 코로나와 트로트의 해라고 해도 과언이 아닐 것이다.

아버지의 트로트 해설

트로트는 나의 아버지도 참 좋아하셨다. 잊을 수가 없는 추억의 노래 배경이 되는 사연 이야기를 많이 아는 편이다. 아마 어머니 돌아가신 뒤에 하루도 트로트를 듣지 않고 지낸 적이 없었을 것이다.

일할 때도 쉴 때도 언제나 라디오를 들고 다니면서 듣고 계셨다. 내가 여의도에 살고 있을 때 아버지가 오셔서 건너편 마포와 당인리 발전소를 보시더니 은방울자매의 '마포종점'과 건너편 마포에 얽힌 이야기를 하셔서 깜짝 놀란 적이 있다.

아버지는 트로트에 얽힌 이야기를 하시면서 무척 재미 있어 하셨다. 아버지의 영향 때문인지 나에게도 트로트의 노래와 그에 얽힌 이야기가 친근하게 들렸다.

1960년대의 마포는 강가에 갈대숲이 우거지고 비행장이 있는 여의도로 나룻배가 건너다니며 새우젓을 팔면서 가난한 서민들이 모여 살던 곳이었다. 말하자면 시골 냄새가 물씬 풍기는 동네인 이곳은 청량리를 오고 가는 전차의 종점으로 1968년까지 존속되었다.

겨울밤, 비나 눈이 내리는 저녁이 되면 늦게 전차를 타고 오는 남편과 자식들을 마중 나온 여인들이 종점 근처에서 기다리는 모습들을 흔히 볼 수 있는 광경이었다. '마포종점'을 작사한 사람은 정두수 씨이고 작곡가는 유명한 박춘석 씨였다.

당시 두 사람은 연속으로 히트곡을 발표하고 있던 시절이라 밤을 새워 작업하는 일이 많았다. 그들은 밤샘 작업 후에 마포종점 인근에 있는 사무실에 근무하던 성우 배우 스태프들이 새벽마다 모여드는 설렁탕 집에서 식사를 하곤 했단다. 어느 날 그 집에서 식사를 하는데 설렁탕 주인으로부터 어느 가난한 젊은 연인의 슬픈 사연을 듣게 되었다.

마포종점 노래의 애환

어떤 젊은 부부가 방세가 싼 마포종점 부근에 허름한 집의 사글세로 살고 있었다. 대학 강사로 재직하고 있는 남편과 살고 있는 여인은 가난한 살림에도 악착같이 남편을 뒷바라지하였다. 추운 겨울 따뜻한 아랫목 이불 속에 밥주발을 묻어두고 전차 종점에 나가 남편을 기다리곤 했다.

그녀는 남편이 전차에서 내리면 마포종점에서 손을 잡고 인근 당인리로 이어지는 긴 둑방길을 걸으며 얘기를 나누며 사랑을 쌓아 갔다.

그러다가 더 큰 발전을 위해 남편은 미국 유학을 가게 되고 여인은 닥치는 대로 남의 집 잡일을 하면서 유학 뒷바라지하였다. 언제나 남편 생각하면서 미래를 꿈꾸며 힘든 줄 모르고 외로움을 달래며 살았다고 한다.

남편도 고학하며 열심히 공부했는데 마지막 일 년을 남겨두고 너무 과로하여 뇌졸중으로 쓰러져 그만 사망하고 말았다고 한다.

이런 비극적인 소식을 접한 여인은 청천벽력 같은 충격을 견딜 수 없어 마침내 그만 실성하고 말았다. 정신착란에 빠진 여인은 이미 돌아간 남편을 기다리며 궂은비 내리는 마포종점을 배회하곤 하였다. 돌아오지 않을 것을, 아니 돌아오지 못할 것을 알면서도 때가 되면 기계적으로 마포종점에 나가 들어오는 전차를 기다리며 살피는 것이었다.

비가 오나 눈이 오나 전차가 끊기는 시간 넘어 기다리는 여인은 언제나 그 사람이었다고 하니 이를 아는 사람들의 마음을 아리게 했다. 그런데 언제부터인가 종적을 감추어서 어디로 갔는지 알 수 없었다고 한다.

이런 비극적인 사랑 이야기를 설렁탕 주인으로부터 듣고 작사가 정두수 선생은 밤늦은 시간까지 가난 속에서도 서로 사랑하며 희망

을 갖고 성실하게 살아간 불쌍한 젊은 부부의 서러운 삶을 그리는 작사를 했고, 박춘석 선생은 이런 비극적 가요시에 담긴 애절한 곡을 실어 '마포종점' 이란 노래를 만들었다.

이 때가 1966년이었는데 여기에 깨끗하고 독특한 음색을 가진 은방울자매를 발탁, 입사 기념으로 취입하여 1968년에 지구레코드사에서 발매하였다고 한다. 이렇게 탄생된 은방울자매의 마포종점은 크게 히트하여 지금도 사랑 받고 있는 트로트곡이라고 한다. 이렇듯 아버지는 마치 본 것처럼 해설하셨다.

지금은 옛날 마포종점이 어딘지 흔적도 모르겠고 없어진 마포나루 근처에 마포대교가 한강을 가로질러 세워져 있지만 조그마한 이정표가 하나 있다.

마포구 도화동 지하철 마포역 불교방송 남단으로 내려가면 마포 어린이공원이 있고 거기에 이 노래를 기념하여 마포종점 노래비가 세워져 있다.

마포종점

밤 깊은 마포종점 갈 곳 없는 밤 전차
비에 젖어 너도 섰고 갈 곳 없는 나도 섰다
강 건너 영등포에 불빛만 아련한데
돌아오지 않는 사람 기다린들 무엇하나
첫사랑 떠나간 종점 마포는 서글퍼라

저 멀리 당인리에 발전소도 잠든 밤
하나둘씩 불을 끄고 깊어가는 마포종점
여의도 비행장엔 불빛만 쓸쓸한데
돌아오지 않는 사람 생각한들 무엇하나
궂은비 내리는 종점 마포는 서글퍼라

제 **3** 장

할아버지와 할머니 이야기

01

할아버지가 좋아한 백리해

  앞에서도 말한 바와 같이 나의 할아버지는 소를 키우는 데 독특한 재주가 있었고, 소를 함부로 하면 야단을 치셨다. 말은 때리면 기가 죽지만 소는 때리면 더 반항한다면서 소를 다룰 때는 힘으로 하지 말고 요령으로 하라고 하셨다.

  소를 키우는 것도 소와 교감하고 정성을 다해야 성공할 수 있다는 할아버지의 지론이 귀에 들리는 듯하다. 그리고 옛날 중국에 소를 잘 키우던 사람이 재상이 되어 정치를 잘해서 나라를 부강하게 하였다고 하셨다. 마치 그 사람이 소를 잘 키워서 재상이 된 것처럼 하셔서 웃은 적이 있다.

  어느 시대 어떤 재상인지는 모르시고 농사를 잘 짓고 소를 잘 키우는 재주가 있다면 아마 세상의 순리도 잘 알 것이기에 그 사람의 성격도 인자하고 능력도 있었을 것이라고 하셨다.

  구한말에 태어난 할아버지는 농사가 자연의 순리이며 인생은 자연의 순리에 따른 기다림과 인내의 과정이라 생각하셨다. 그러기에 아마 그 인생 이야기도 우여곡절 속에서 배울 점이 많을 것이며 재미 있을 거라는 추측이었다.

중학생 손자인 나를 보고 그 사람의 생애를 자세히 알아보라고 하셨지만 소 잘 키운 재상을 들어보지 못해서 돌아가시기 전까지 찾아볼 생각을 못했다. 할아버지 이야기를 까마득하게 잊은 지 오래된 어느 날, 중국의 춘추전국시대에 진나라의 재상 백리해를 읽으면서 깜짝 놀라게 되었다. 바로 백리해가 할아버지가 얘기한 그 장본인이었던 것이다.

할아버지는 몰락 양반 가문의 셋째아들로 태어나 공부는 못했지만 백리해가 인생의 롤모델이 될 수 있다고 믿었고 후손들에게 전해 줄 가치가 있다고 생각했던 모양이다. 백리해의 인생을 더듬어 가면서 어쩐지 그런 할아버지의 마음을 엿볼 수 있었다.

백리해는 춘추전국시대 초기 우나라 사람이었다. 당시, 중국은 주나라가 쇠퇴한 후 지방제후들이 모두 우후죽순처럼 일어나 이합집산 싸우면서 그 세력을 확대하기 시작하였다.

우나라의 조그마한 마을에서 태어난 백리해는 공부는 좋아하였으나 좋은 스승 밑에서 공부할 처지가 못 되었을 뿐 아니라 먹고 살기에도 힘들었기에 독학으로 열심히 주경야독하였다.

농사지을 땅이 없어 낮에는 남의 집에서 소를 키워주고 생계를 유지할 정도였다. 여기서 소 키우는 재주를 개발하였고 머리가 좋아 과학적인 소 관리와 함께 세상을 보는 식견이 탁월하였으나 시골구석에서 그를 알아보는 사람은 없었다. 장가를 가서 아내와 아들자식이 하나 있었으나 서른 살까지 찢어지는 가난을 견딜 수가 없었고 희망도 보이지 않았던 것이다.

백리해의 출세를 위한 출가

이를 안타깝게 여기던 그의 아내는 누구보다 탁월한 남편의 재주와 식견을 믿고 있었기에 3년 동안 아무 일도 하지 않고 공부에만 몰두하게 하여 세상 이치를 깨닫게 되었을 무렵 남편을 떠나보내기로 작정하였다. 당신은 틀림없이 큰 인물이 될 것이니 이곳을 떠나라는 아내의 간곡한 말에 백리해도 이를 받아들여 중앙무대에 진출하여 출세하기로 결심하였다.

떠나는 날 아침, 남아 있는 암탉 한 마리를 잡아 좁쌀 한 됫박 솥에 넣고 부엌문을 뜯어 땔나무로 하여 마지막 식사를 준비하여 대접하였다. 어떻게 하든지 이곳 아들과 두 식구는 아내인 내가 책임질 것이니 당신은 출세하여 우리를 데리러 오라고 철석같이 약속하고 이별하였다.

그러나 백리해는 우나라에서 기회를 얻지 못하고 옆에 있는 제나라로 가게 되고 오랜 세월 동안 비탄과 슬픔의 나날을 보내게 되었다. 심지어 집집마다 문을 두드려 걸식하는 거지 신세가 되었다. 그때 그의 나이 40세. 제나라에서도 벼슬길에 연줄을 댈 돈이 없어 좀처럼 기회를 잡지 못하고 방황하게 되었다. 거지 신세가 되어 떠돌다가 제나라 변두리 지방에서 건숙이라는 선비를 만나게 되었다.

밥을 얻으러 온 거지지만 사람됨을 금방 알아본 건숙은 백리해와 같이 생활하면서 천하 경영에 대한 이야기를 토론하고 나누면서 그의 높은 식견과 인품을 알고 더욱 친밀하게 되어 급기야 의형제 결의를 맺게 되었다.

그렇지만 백리해는 넉넉지 못한 건숙의 집을 빨리 나오기 위해서 제나라 왕인 공손무지가 인재를 찾는다는 광고에 응모해 보기로 하고 건숙과 의논했다.

건숙은 공손무지에 대해 사촌 형을 살해하고 왕이 된 사람이기에 정통성이 부족한 데다가 인격과 능력도 회의적이라 공손무지를 찾아가는 것에는 반대하였다. 아무리 어려워도 공손무지 같은 사람에게 운명을 맡길 수 없다는 입장이었다. 아니나 다를까 얼마 안 가서 정변이 일어나 공손무지는 숙청되고 살해당했다.

만약 백리해가 공손무지의 신하가 되었다면 틀림없이 죽임을 당하고 말았을 상황이었다. 죽음을 아슬아슬하게 모면하고 한숨 돌리게 될 즈음, 주나라 왕자 퇴가 소를 잘 기르는 사람을 찾는다는 소문을 들었다.

당시에는 소와 말이 국가의 중요 재산이었기에 이를 잘 키우는 사람에게 벼슬을 주었다. 소 기르는 특기를 가진 백리해가 왕자 퇴를 만나보았더니 너무 좋아하면서 자기를 도와달라고 요청하게 되었다. 이 소식을 들은 의형인 건숙이 불원천리 달려와서 왕자 퇴를 만나보게 되었다.

이 사람은 능력도 없으면서 야망이 크고 얼마 못가서 어려움을 당할 관상이라 자네를 거느릴 그릇이 아니라고 조언하였다. 건숙의 조언을 받아들인 백리해는 가난에 지친 몸을 이끌고 다시 우나라로 돌아가 고향의 가족을 찾아보았다.

두씨 부인과 아들은 십년 동안이나 소식 없는 남편을 단념하고 생계를 위해 어디론가 떠나버리고 어느 이웃도 아는 사람이 없었다.

우나라에 취직

자신의 무능함 때문에 가족이 뿔뿔이 흩어지고 갈 곳 없는 신세가 되어 너무 처량하고 비참하여 낙망하고 있는데 마침 건숙이 찾아와서 위로하고 자기 친구인 우나라 재상 궁지기를 소개하게 되었다.

우나라 왕 우공은 지도자로 능력이나 자질이 부족하여 한 마디로 별 볼일 없는 아둔한 군주지만 현자인 궁지기 밑에 있으면 괜찮을 것이라는 건숙의 말을 따르기로 하였다. 참으로 오랜만에 중대부라는 직함을 가진 벼슬아치가 되어 관직에 나가게 되었다.

건숙은 백리해를 취직시켜 놓고 자신은 송나라 명록으로 가니 무슨 일이 있으면 찾아오라고 일러주고 떠났다.

　백리해가 조정에서 자리를 잡아갈 무렵에 우나라에 큰 일이 생기게 되었다. 이웃 강대국 진(晉)나라가 유화적인 외교관계로 우나라에 관심을 보이고 여러 가지 선물로 우나라 왕을 회유하여 괵나라를 치러 가는데 길을 내어달라는 부탁을 하게 되었다.

　이에 재상 궁지기를 비롯한 대신들이 극구 반대하게 되고 왕과의 대립이 심각하였으나 결국 우왕이 진왕의 요구를 들어주는 실수를 범하게 되었다.

　궁지기는 다시 한번 진언하였다. 그동안 진나라가 우리 우나라를 공격 못한 것은 괵나라와 입술과 이빨처럼 서로 단결하고 협력하는 관계, 말하자면 순망치한(脣亡齒寒)의 관계였기 때문이라는 점을 강조하였는데 이 고사성어는 오늘날까지 회자되고 있다.

　이제 괵나라가 망하게 되면 다음 차례는 곧 우리가 될 것이니 절대로 길을 열어주면 아니 된다고 진언한 궁지기의 진언을 무시하고 우왕은 괵나라 정벌의 안내까지 담당했던 것이었다.

　괵나라를 정복한 진나라는 이어 곧장 우나라를 치게 되자 우나라는 속절없이 무너지게 되었다. 참으로 어처구니가 없는 일이 발생하여 우나라는 없어지고 백리해는 포로의 신세가 되었다.

　정복자가 된 진나라 헌공은 백리해의 인물됨을 듣고 자신의 신하가 될 것을 권유하였으나 백리해는 거절하였다.

　"무릇 군자라면 원수의 나라에 몸을 담고 있으면 안 되는 법인데 어찌 벼슬까지 바란단 말인가? 내가 장차 벼슬길을 구한다 할지라도 원수나라인 진나라는 아닐 것이다."

이에 진헌공한테 미운 털이 박힌 백리해는 우왕을 섬기며 살고자
하였으나 뜻을 이루지 못하고 오히려 헌공의 딸(목희) 결혼 때 예물
목록의 노비명단에 포함되어 진(秦)나라로 끌려가게 되었다.

소 키우는 재주 발휘

백리해의 입에서 한탄의 소리가 나왔다.

"천하를 구제할 뜻을 품었건만 밝은 임금을 만나지 못했다. 내 나
이 노년이 되어가는 지금, 노예 신세가 되었으니 이보다 더한 치욕
이 어디 있겠는가?"

진(秦)나라로 끌려가던 백리해가 송나라 명록촌에 있는 건숙을 찾
아갈려고 했다. 그러나 길이 막혀 할 수 없이 초나라로 우회하여 완
성이란 땅에 당도하여 산길을 걸어가게 되었다. 거기서 사냥 나온
초나라 지방 유지에게 검문을 당해 세작으로 의심받아 붙잡혀서 포
승줄에 묶이게 되었다. 사정 이야기를 했으나 풀려나지는 못하고 잘
하는 특기가 있으면 말하라고 해서 소 키우는 재주가 있다고 했더니
바로 소 키우는 자리를 만들어 주었다.

백리해가 기르는 소가 날이 갈수록 살이 찌고 튼튼하게 되니 그
주인이 기뻐한 것은 물론이고 그 소문이 삽시간에 퍼져 성왕의 귀에
까지 들리게 되었다. 초나라 성왕이 불러서 소를 잘 기르는 특별한
방법을 물었다.

소를 관리하는 사람은 우선 여물을 줄 때와 힘을 쓸 때를 파악하

고 있어야 하고, 무엇보다 소를 기르는 사람의 마음은 소의 마음이 교감하는 법을 알아야 한다는 점을 강조하고 이것이 충족되면 자연스럽게 소는 튼튼하게 잘 자라게 된다고 대답했다.

이 말을 듣고 있던 초왕은 즉석에서 백리해로 하여금 어인의 벼슬을 주어 말을 키우는 남해의 책임자로 보냈다. 불행하게도 초왕은 천하를 얻으려는 꿈을 갖고 인재를 찾고 있었지만 백리해의 인물됨은 알지 못했다.

한편 진(秦)나라 목공은 시집온 아내 백희의 몸종 명단에 백리해라는 이름을 보았으나 사람이 없어 이상하게 생각하여 그 영문을 물었다. 이에 책사인 공손지가 나서서 백리해가 도망간 사실과 그 인물됨을 설명하게 되었다.

"백리해는 드물게 보는 현인이나 어리석은 우나라 왕은 이를 알지

못했습니다. 그는 세상을 경영할 지략을 마음속에 품고 있으나 아직까지 때를 만나지 못한 인물입니다."

공손지의 설명을 들은 목공은 즉시 수소문해서 백리해를 찾아오라고 명령했다. 며칠 뒤 백리해는 초나라 맨 남쪽 남해라는 곳에서 말을 치고 있다는 보고가 들어왔다.

"어떻게 하면 초나라에서 그를 데려올 수 있겠나?"

진왕이 물으니 공손지가 대답했다.

"몸종의 신분으로 도망친 죄인 백리해를 잡아와서 죄를 묻겠다고 하면서 몸종의 몸값에 해당하는 속전을 주고 데려올 수 있을 것입니다. 그 값이 숫양가죽 다섯 장입니다. 만약 큰돈을 주겠다고 제시하면 오히려 초왕이 그를 의심하고 알아보려고 할 것입니다."

이렇게 해서 백리해를 무사히 데려올 수 있었는데 그 때부터 백리해에 오고대부(숫양가죽 다섯 장)라는 별명이 붙여지게 되었다.

진나라 목공을 만남

공손지가 극찬하는 백리해가 어떤 사람이며 어떤 생각을 가졌는지 기대하고 있는 것은 누구보다도 목공이었다. 드디어 백리해가 도착하여 첫 만남이 이루어지게 되었는데 생각보다는 완전히 다른 노인네였다. 실망하는 목공의 눈치를 알아차린 백리해가 인사드리며 말했다.

"날아가는 새를 잡고 사나운 맹수와 싸운다면 신은 분명히 늙었습니다. 하지만 나랏일을 하라고 하신다면 신은 아직 젊습니다. 일찍이 강태공은 여든 살의 나이에 주나라 문왕을 도와 천하를 통일했습니다. 그에 비하면 나는 아직 열 살이나 어립니다."

진목공은 자세를 고쳐 앉으며, "과인의 경솔함을 용서해 주시오. 내가 잠깐 다른 생각을 했나 보오."

백리해가 궁금해 하면서 물었다.

"군후께서는 초나라에 숨어 사는 신을 불러들인 이유가 있을 것입니다. 만일 도망간 죄를 물으신다면 신은 그 벌을 달게 받겠습니다."

"아니요! 초나라로부터 선생을 불러들인 이유는 선생의 식견에 도움을 받고자 함이요. 지금 우리 진나라는 융적(오랑캐) 사이에 끼어 융적에 대치해야 하고 중원과의 교류도 원활하지 못한 실정이요. 나라를 부강하게 하고 웅지의 뜻을 펼치기 위해서는 중원을 장악해야 하는데 아직 시원한 해법을 찾지 못하고 있소. 마침 선생의 명성을 듣게 되어 모시게 되었으니 부디 내가 뜻을 이룰 수 있도록 지도해 주시오."

백리해는 진나라의 현위치를 참 좋은 명당이라 하면서 목공이라면 이 명당을 활용할 수 있을 거라고 하자 깜짝 놀라는 기색이었다.

"모름지기 이 땅은 주나라가 일어났던 곳입니다. 산세는 사나운 들개의 이빨 같고 들판은 큰 뱀이 기어가는 형상으로 기(氣)가 센 지역이라 주나라는 이곳을 지키지 못하고 진나라에 내어주고 말았습니다. 군후께서는 진나라가 융적 사이에 끼어 불리하다고 했습니다만 이는 오히려 군사를 굳세게 만드는 환경이 되는 것이며, 중원으로 진출이 어렵다고 했으나 이는 중원의 제국들이 모르는 사이에 힘을 기를 수 있는 기회가 될 것입니다. 그 후에 중원으로 진출하는 통로를 열면 되는 것입니다."

참으로 명쾌한 해석에 진목공은 크게 기뻐하며 며칠을 토론하였다고 한다. 그의 통치 철학에 새로운 서광이 비쳤다.

이어서 백리해는 서방패권론을 설파하였다.

"지금 진나라 주변에는 소위 나라라고 칭하는 수많은 것들이 있습니다. 이제 군후께서는 이들을 하나 둘 무찔러 합병시키면 비옥한 농토가 넓어지면서 식량의 자급자족은 물론 비축할 수 있을 것이며 백성이 늘어나고 군사 수도 크게 증가시킬 수 있을 것입니다. 그래서 군후께서는 안으로 덕을 베푸시어 나라를 안전하게 다스리시고 융족을 비롯한 서쪽을 평정한 후 험한 산세를 방패삼아 중원을 굽어보며 동진해 나가면 점차 강대국의 모습을 갖추게 될 것입니다."

이제 진나라 문공은 나에게 백리해가 있다는 것은 제나라 환공이 관중을 가진 것과 같다고 했다. 그리고 그의 통치 철학에 큰 그림이 그려지면서 백리해를 중용할 채비를 갖추게 되었다. 이때 건숙을 마음에 두고 있는 백리해는 다음과 같이 문공에게 건의하였다.

"신의 재주는 별로 뛰어나지 못합니다. 신의 친구 중에는 저보다 열 배나 뛰어난 재주를 가진 사람이 있습니다. 주공께서 큰 뜻을 품었다면 그 사람을 초빙하여 나랏일을 맡기시고 신으로 하여금 그 일을 돕게 하십시오."

이 말을 들은 문공은 건숙을 데려오기 위해 공자집으로 하여금 명록촌으로 보냈다. 요란한 행차가 아니라 두 마리 말이 끄는 마차에 장사꾼 차림으로 삼 개월만에 명록촌 입구에 도착하였다. 거기에 이상한 노랫소리가 흘러나오고 있었다.

높고 높은 산이여
타고 갈 수레가 없구나

이렇게 하늘의 뜻을 즐기니
영화도 없지만 굴욕도 없구나

마치 무릉도원 같은 곳에서 건숙은 은둔생활을 하고 살고 있음을
알 수 있었다. 현실정치를 멀리하고 자연 속에서 지방공동체를 만들
어 자연과 더불어 즐기고 사는 사람들이었다. 금방 보아도 쉽게 떠
날 것 같지 않은 모양이었다. 공자집은 백리해의 편지를 건숙에게

전해 주면서 간곡하게 간청하였다.

"우매한 동생 백리해는 형님의 권유를 듣지 않아 망국의 신하가 되어 고초를 겪었습니다. 다행히 변방에서 소를 기르던 이 몸을 진 문공께서 부르시어 여기에 있나이다. 이제 형님께서 오시어 진나라의 앞날을 열어 주십시오. 진문공 또한 형님의 명성을 듣고 빨리 오기를 고대하고 계십니다. 만일 형님께서 산림을 사랑하여 속세로 나오지 않겠다면 이 백리해 또한 벼슬을 버리고 즉시 명록촌으로 가서 같이 여생을 보낼까 합니다. 부디 이 아우의 청을 거절하지 말아 주시기 바랍니다."

며칠 동안 고민에 빠져 있던 건숙이 드디어 아들과 함께 명록촌을 떠나 진나라에 도착하였다. 그리고 진문공을 만났더니 역시 모실만한 군주임을 알아보고 통치의 큰 그림을 의논하기 시작하였다.

"지금 진나라는 비옥한 땅과 험한 산세로 인한 지형은 경제적 이점과 군사적 요새로 단기간에 중원과 맞설 수 있는 조건을 갖출 수 있다고 봅니다만 문화 교육 수준의 민도는 아직 크게 미치지 못한다고 생각합니다. 진나라는 융과 적의 오랑캐 풍속에 젖어 예(禮)와 교(敎)를 멀리하고 있기에 중원의 위엄과 덕에 차이가 많다고 보고 있습니다. 그래서 먼저 백성들을 교화시키고 법과 원칙을 분명히 하고 시대의 변화를 느끼게 하여야 합니다. 인재를 등용하여 대우하고 행정과 군대체계가 백성들에게 믿음이 가는 조직으로 변모되어야 모름지기 백성이 따르게 되고 중원과 맞설 수 있는 역량이 생기는 것입니다."

백리해와 비슷한 건숙의 견해에 크게 감격한 진문공은 과인이 새로이 얻은 두 어른은 과연 뭇백성의 어른이라며 건숙을 우서장으로 백리해를 좌서장으로 임명하여 두 사람의 재상을 두고 본격적으로 개혁정치를 추진하였다.

정사를 맡은 두 사람은 법을 바로 세우고 백성을 교화하여 삶의 질을 높이면서 국민생활에 불합리한 점을 제거해 나가자 백성의 칭송이 날로 높아지며 나라의 기틀이 다져져 갔다.

아내 두씨부인 만남

한편 그의 아내인 두씨부인은 아직도 너무 비참하게 살고 있었다. 아들은 사냥을 하여 근근이 살고 어머니는 남의 집 식모살이로 연명하였는데 남편인 백리해가 재상이 되었다는 소식을 듣고 찾아갔으나 감히 나서지를 못하고 겨우 재상부의 빨래방 아줌마로 들어가게 되었다. 우연히 만날 수 있는 기회를 엿보다가 드디어 재상당 아래 잔치에서 노래할 기회가 주어졌다.

백리해여, 백리해여!
염소가죽 다섯 장이여
이별하던 그날을 기억하는가
암탉 잡고 문짝 뜯어 밥 한 그릇 올린 그날
오늘날 부귀해지니 나를 그만 잊으셨네

백리해여, 백리해여!
아버지는 산해진미를 먹건마는
자식은 배가 고파 우는구나
남편은 비단옷으로 치장하고 있건마는
아내는 품삯으로 빨래하는 천한 몸이네

백리해여, 백리해여!
그 옛날 그대 떠나갈 때 나는 울었소
오늘 그대는 높은 곳에 앉아 있건만
나는 그대 당아래 엎드려 울고 있네
슬프도다 부귀해지니 벌써 나를 잊었네

어디서 이런 노랫소리가 들리나? 이는 나와 내 아내만 아는 내용인데 두리번거리며 찾아봤더니 초라한 할머니가 저기 아래쪽에서 쳐다보고 있는 것이 아닌가. 30대 초반에 헤어져 70대 초반에 만나니 40년 만에 보는 아내의 얼굴이 아닌가. 모진 어려움 속에서도 하루도 잊지 않았던 가족을 여기서 만나게 되다니 두 사람은 한동안 부둥켜안고 눈물을 흘렸다.

주위에 있던 사람들도 이 한 많은 부부의 재회 현장을 보고 울지 않는 사람이 없었다. 이리하여 백리해의 가족이 다시 만나 살게 되었는데 아들도 벼슬을 주어 진나라에 정착하게 되었다.

백리해가 진나라의 재상이 되어 조화와 합치의 어진 정치를 함으로써 중원의 나라는 물론 오랑캐까지 복종해 따르게 되었다. 재상을 지내면서도 아무리 피곤해도 수레에 앉지 않았고 더워도 수레 덮개를 씌우지 않았다고 하는데 심지어 행차 때 수행하는 수레는 물론 무장한 군인도 없었다고 한다.

이와 같은 백리해의 행동을 백성들이 본받아 교화하게 되니 백리해의 솔선수범 효과는 진나라의 기틀을 튼튼하게 하는 데 크게 기여하였다.

이 당시만 하더라도 제도정치가 아니라 인치정치의 시대라 사람, 즉 군주와 재상과 같은 인재의 역할이 얼마나 큰 것인가를 알 수 있다. 물론 지금도 인치가 중요하지만 그 당시에는 오죽했겠는가.

백리해가 죽었을 때 온 국민이 슬퍼하고 장사할 때까지 음주가무가 없었고, 어린아이도 흥얼거리지 않았다고 하니 얼마나 존경받는 인물이었는지 짐작이 간다.

이런 지도자를 소개한 나의 할아버지가 보고 싶고 그리워지는 이유는 무엇 때문일까?

02

할머니가 알려준 만리장성 교훈

　우리 형제는 아들이 다섯이고 딸이 없다. 형제들이 모두 아들이고 딸이 없어서 그런지 집안 분위기가 부드럽지 못한 것은 사실인 것 같았다. 그래서 딸을 귀여워해서 예쁜 친척 딸이 우리 집에 오면 그냥 보내지 않을 정도로 딸을 좋아하는 편이었다.

　어떤 때는 우리 집에 3개월이나 살다 간 아이도 있다. 아버지가 어느 날 술 한잔 하시고 들어오셔서 내가 인생에 잘못한 것이 몇 가지 있는데 그 중에 하나가 딸을 낳지 못했다는 것이다.

　아마 어머니는 이를 더욱 간절하게 생각했는지, 딸이 있으면 자기를 더 잘 이해할 텐데 아들은 아무 소용이 없어! 이런 말을 여러 번 들었으니 부모를 이해하는 데는 딸자식이 아들자식보다 낫다는 생각이 들었다. 나도 이 나이 70이 넘고 보니 그 말씀이 이해가 간다. 그러나 할머니는 달랐다.

　남아선호 사상에 사셨던 시절이라 고모 셋에 외아들인 아버지를 두고 늘 외로움에 스트레스를 받으셨는지 손자인 우리들이 태어나자 항상 대견하게 여기시고 아무리 어려워도 묵묵히 돌보시고 한 번도 불평하는 말을 들은 일이 없다. 우리 막냇동생 어릴 적에 얼마나 업어주었던지 여름 땀띠가 나서 등줄기에 떡덩어리처럼 부어올라 있었는데도 칭얼대는 아이를 야단치는 일이 없었다.

성실 인자한 우리 할머니

할머니는 언제나 무엇인가 일하고 계셨다. 그냥 멍하니 앉아 계시는 것을 거의 본 적이 없을 정도다. 어릴 적부터 할머니 할아버지 방에서 지내서 그런지 나는 노인네 냄새가 싫지 않다. 밤이 되면 내 머리맡에서 할머니는 물레를 자아 무명실을 뽑아내는 일을 하셨다. 긴 겨울밤이 되면 할머니는 언제 주무시고 언제 일어나시는지 항상 앉

아서 그 일을 하고 계셨다. 머리맡의 물레소리는 할머니 소리였고 나의 자장가였다. 내가 일어나면 언제나 물렁한 고구마를 내어 놓으신다.

추운 겨울날인가 보다. 둠벙에서 얼음을 깨고 빨래하는 사람이 누군가 했더니 할머니였다. 어머니가 넷째 남동생을 낳고 조리하는 어머니 대신 기저귀에 온갖 빨래를 하셨다. 추위에 손은 오그라들었고 작은 체구에 빨래는 많았지만 젖은 빨래를 머리에 이고 바께쓰에 물 담아 들고 오시는 모습이 보였다. 달려가 바께쓰를 받아드니 우리 손자가 최고라고 웃으시는데 이 할머니가 천사이신가 하는 생각이 들었다. 이제 아들 손자가 넷이라는 뿌듯함이 할머니를 기쁘게 한 것 같았다.

할머니의 손자 사랑은 한결 같았다. 나는 우리 할머니가 육고기나 장어 같은 음식은 못 먹는 줄 알았다. 언제나 못 먹는다고 하셨으니 그런 줄 알았다. 언젠가 먹고 계시기에 물었더니 이제 먹어도 괜찮아지더라고 하셨다.

나중에 어머니가 알려주셨다. 그동안 손자들 때문에 그랬지만 이제는 나아졌다고 생각해서 그러신지 음식은 가리지 않고 잘 드신다는 말이었다. 그래서 아들은 가정사에 세세한 일은 모르는 것이 너무 많구나 하는 생각이 들었다.

할머니는 건강도 좋은 편이었다. 아파서 누워있는 것을 본 적이 거의 없다. 단 한 번 내가 중1때, 할머니는 평소에도 혈압이 좀 높은 편이었는지 모르지만 저녁 9시쯤 되어 갑자기 쓰러지셔서 혼수상태에 빠졌다. 돌아가신다고 동네 이웃사람들이 모여들고 우왕좌왕 야

나의 뿌리와 울타리 _

120

단이었다. 이윽고 읍내에서 의사가 도착해서 진찰을 하고 주사를 놓아주었다.

좀 있으니 진정이 되고 할머니가 '푸우' 하고 약간 고른 숨을 쉬셨다. 의사는 오늘 밤 지내고도 좋지 않으면 입원하라고 일러주고 갔다. 나는 집 모퉁이에서 꿇어앉아 기도했다.

"하나님 ! 우리 할머니 살려주십시오. 살려주셔야 하나님이 계신 줄 알겠습니다. 제가 이런 기도 처음 하지 않습니까? 제가 하나님 말씀 잘 듣겠습니다. 내일 아침에 나아서 저를 알아보게 해 주세요. 예수님 이름으로 기도드립니다."

몇 번이나 기도하고 아침이 되었다. 놀랍게도 나를 알아보고 내 손을 꼭 잡아주셨다.

"하나님 감사합니다!"

죽산박씨인 할머니는 본래 남해군 설천면 왕지리에서 태어나서 자랐는데 16세에 할아버지와 결혼해서 삼동면 지족1리 와현부락 우리 마을로 오셨다고 한다. 할머니는 절에 가서 기도하는 것을 좋아해서 언젠가 봄날 초파일 석가탄신일에 용소리에 있는 용문사에 같이 간 적이 있고 할머니 친정에도 일곱 살 때 할머니 손잡고 이박삼일로 간 일이 있다. 어디로 가든지 손자가 사랑스럽고도 자랑스러운 표정이 느껴질 정도로 내게 대한 할머니의 애정은 언제나 각별했다.

항상 말이 없고 과묵하신 우리 할머니는 노래를 하실까, 무슨 얘깃거리를 갖고 계실까 하는 생각이 들었다. 사물놀이, 메구치는 것 비롯해서 판소리, 육자배기 듣는 것을 참 좋아하신 것으로 알고 있는데 항상 절제하면서 사는 것이 생활화 되어서 그런지 실제 좋아하

는 노래가 무엇인지는 몇 번이나 물어도 잘 모른다고 웃기만 하신
다. 동생들 태어나면 정화수 떠놓고 부엌에서 손 비비고 기도하는
모습은 여러 번 보았다.

"어진님네 제앙님! 비옵고 비옵니다. 우리 애기 좋은 애기, 많이많
이 보살펴 주시옵소서. 먹고 자고 먹고 자고, 자고 나면 잘 놀고 병
들지 않고 무럭무럭 잘 자라게 해 주시옵소서."

어떤 때는 약간 염불조로도 하셨다.

'그렇다면 노래도 잘 하실 텐데… 아닐까?'

어느 날 내가 할머니에게 이솝우화에 나오는 '금도끼 은도끼' 이
야기를 해드리고 할머니도 내게 이야기 하나만 해 주시라고 했더니
만리장성 이야기를 하시는 것이었다.

50년이 지난 이야기라 당시의 기분을 살리기에는 미흡하지만 스
토리의 흐름이나 내용을 중심으로 기억 속으로 더듬어 가도록 하겠
다. 그 이야기 속에 할머니의 특별한 당부가 있었을 것 같다.

우리 할머니의 만리장성 이야기

중국의 진시황이 만리장성을 쌓기 위해 기술자와 작업인부를 모
은 후에 본격적인 역사를 시작했을 때의 일이다. 젊은 남녀가 결혼
한 지 한 달, 산수 좋은 이곳에 터를 잡고 신혼의 단꿈을 꾸고 있는
데 그만 남편은 만리장성을 쌓는 부역장에 징용을 당하고 말았다.
일단 징용이 되면 그 성 쌓는 일이 언제 끝날지 모르는 상황에서 한

마디로 죽은 목숨이나 다를 바 없었다.

살았는지 죽었는지 안부 정도는 인편을 통해서 간혹 알 수 있지만 부역장에 들어가면 공사가 끝날 때까지 교대하는 사람 없이 나올 수는 없기 때문에 그 신혼부부는 생이별을 하게 되었고 아름다운 신부는 아직 아이가 없기에 혼자서 살 수밖에 없었다.

남편을 부역장에 보내고 외롭게 살고 있는 여인의 외딴집에 지나가는 나그네가 찾아들었다. 날이 저물어 갈 때쯤 남편의 나이쯤 되어 보이는 사내가 사립문을 들어서며 "갈 길은 먼데 날은 저물었고 이 근처 인가는 먼 것 같고 들어올 집이 여기 밖에 없었습니다. 헛간이라도 좋으니 하룻밤만 묵어가게 해 주십시오." 정중하게 간청을 했다.

여인네가 혼자 살고 있기 때문에 과객을 받을 수가 없었지만 주변

산세가 험하고 인가가 멀어 거절할 수가 없었다. 그래서 방구석 한 곳을 비우고 자라고 하고 저녁을 같이 먹게 되었다.

저녁 식사를 마친 후 바느질을 하고 있는 여인에게 사내는 말을 걸었다. "보아하니 외딴집에 혼자 살고 있는 듯한데 무슨 사연이 있나요?"라고 물었다. 여인은 숨김없이 부역장에 가게 된 남편 이야기, 그동안의 사연을 말해 주었다.

밤이 깊어지자 사내는 노골적인 수작을 걸었고 쉽사리 넘어가지 않는 여인과 실랑이가 계속되었다. 그럴수록 사내는 더욱 안달이 나서 견딜 수가 없었다. 좀처럼 협상이 되지 않자 사내는 사정하면서 진정을 고백하였다.

"이렇게 살다가 죽으면 너무 억울하지 않습니까? 우리는 너무 젊지 않습니까? 돌아올 수 없는 남편을 기다리며 정조를 지킨들 무슨 소용이 있습니까? 내가 평생 당신을 책임질 테니 나와 같이 멀리 가서 행복하게 삽시다."

사내는 별별 말로 꼬드겼으나 여인은 냉랭했다. 사내는 더욱 저돌적으로 달려들었고, 외딴집에서 여자의 힘으로 한계가 있다고 생각하게 되었다.

일단 사내의 뜻을 받아들이기로 하면서 한 가지 부탁을 들어달라고 조건을 내걸었다. 귀가 번쩍 띄인 사내는 어떤 부탁이라도 들어줄 테니 말해 보라고 했다. 여인은 결심한 듯 차분하게 말했다.

"남편께서는 결혼식을 올리고 잠시 함께 살았지만 부부간에 의리가 있으니 그냥 당신을 따라갈 수야 없지 않습니까? 그러니 제가 새로 지은 옷 한 벌을 싸서 드릴 테니 날이 밝는 대로 제 남편을 찾아가서 이 옷을 갈아입을 수 있도록 전해 주시고 그 증표로 글 한 장만 받아달라는 부탁입니다. 어차피 살아서 만나기 어려운 남편에게 수의를 마련해 주는 기분으로 옷이라도 한 벌 지어 입히고 나면 당신을 따라나선다 해도 마음이 좀 홀가분할 것 같습니다. 당신이 제 심부름을 마치고 돌아오시면 저는 당신을 의지하고 살 것입니다. 그 약속을 먼저 해 주신다면 이제 당신 뜻대로 따르겠습니다.”

여인의 말을 듣고 보니 그리 어려운 일도 아니고 마음씨가 가상하다고 생각한지라 좋은 여인을 얻었다고 쾌재를 부르며 그렇게 하겠노라고 철석같이 약속하고 참으로 달콤한 하룻밤을 보냈다.

아침에 눈을 떠보니 밝은 햇살에 비친 여인의 모습은 젊고 절세의 미인에다 그 아름다움이 어제와 달라 보였다. 저런 여인과 살 수 있다니 황홀감에 빠져 잠시 멈칫하다가 벌떡 일어나 약속을 이행하기 위해 채비를 서둘렀다.

여인은 사내가 보는 앞에서 장롱 속에서 새 옷 한 벌을 꺼내서 보자기에 싸더니 괴나리봇짐을 만들어 챙겨 주는 것이었다. 사내는 여인과 떨어지기 싫었지만 빨리 심부름을 끝내고 나서 평생을 해로하겠다는 일념으로 부지런히 걷고 또 걸었다.

드디어 부역장에 도착하여 감독관에게 면회를 요청하면서 옷을 갈아입히고 글 한 장을 받아가야 한다고 사정이야기를 했다.

감독관은 “옷을 갈아입히려면 공사장 밖으로 나와야 하는데 한 사람이 작업장을 나오면 반드시 한 사람이 대신해 들어가 있어야 한다는 규정 때문에 옷을 갈아입을 동안 잠깐 당신이 교대해 주어야 가능하다”고 말하자 그렇게 하겠노라고 하고 여인의 남편을 만난 사내는 관리인이 시키는 대로 들어가고 그에게 옷보따리를 건네주었다. 남편이 옷을 갈아입으려고 보자기를 펼치자 옷 속에서 편지가 떨어졌다.

"당신의 아내 예진입니다. 당신을 공사장 밖으로 끌어내기 위해 이 옷을 전한 남자와 하룻밤을 지냈습니다. 이렇게 외관남자와 하룻밤을 지낸 것을 두고 평생 허물 않겠다는 각오가 서시면 이 옷을 입는 즉시 제가 있는 집으로 달려오시고 그럴 마음이 없거나 허물을 탓하시려거든 그 남자와 교대해서 다시 공사장 안으로 들어가십시오"라는 내용이었다.

자신을 부역장에서 빼내주기 위해 다른 남자와 하룻밤을 지냈다는 아내의 솔직한 고백이었다. 아내의 고백과 기지에 깜짝 놀라면서 지옥 같은 공사장 생활이 서러워 눈물이 쏟아졌다. 남편은 아내의

사랑에 감사하며 옷을 갈아입는 즉시 달려오기 시작했다. 그리고 부인과 재회하여 더욱 알찬 인생을 살았다고 한다.

외롭게 홀로 살던 부인은 위기를 기회로 활용했다. 우리 할머니 표현으로는 안 좋은 일을 좋은 일로 혹은 불행을 행복으로 바꿨다고 여인을 칭찬했다. 그러면서 남자는 항상 여자를 조심해야 한다고 당부한 것으로 기억된다.

하룻밤을 자도 만리장성을 쌓는다고 하는 것은 짧은 기간에도 깊은 인연을 가질 수 있다는 의미일진대 하룻밤의 실수가 평생의 짐이 될 수도 있다는 뜻도 될 것이다. 할머니 이야기를 들을 당시에는 그냥 재미있는 이야기로만 듣고 말았지만 두고두고 생각이 난다.

오늘 따라 유난히도 할머니가 생각나고 보고 싶다.

제 **4** 장

우리 장인과 장모 이야기

01

장인이 본 일본 3걸 이야기

1980년대 초 내가 일본 미쓰비시 종합연구소에 연수를 가기 위해 준비중에 있었다. 그 즈음 나는 장인(박유규) 어른과 자주 만나 일본 역사 일본 경제에 대해 얘기를 나누었다. 장인은 일본에 유학한 경험이 있어 일본을 잘 아는 지일파라고 할 만큼 일본통이셨다. 일본의 일본정치 이야기가 나오면 밤새 이야기를 해도 지치지 않을 정도로 좋아하셨고, 특히 당시의 자민당과 다나카 가쿠에이에 대해서는 전문가 수준 이상의 지식을 갖고 계셨다.

나의 장인은 외모도 다나카와 비슷하셨고 사람을 포용하고 좋아하는 스타일도 닮은 점이 많았다. 농촌 출신으로 어린 시절에 학교 다니면서 고생한 것이며, 가정 형편과 건강 때문에 고생한 배경 등 유사한 환경이 많아서 그런지 다나카 수상을 좋아하며 존경했던 것 같았다.

서재에는 다나카에 대한 서적이 수십 권에 달했고, 일본 역사며 경제에 대한 서적이 수천 권의 책 중에 30% 이상을 차지하였다. 나중에 알게 되었지만 일본 경제를 모델로 하여 오랫동안 현실정치에 대해 관심을 갖고 준비를 하며 지냈다고 한다.

지역구가 될 고향 사람에게 인기도 많은 편이었지만 그들에 대한 관심과 애정도 남달랐던 기억이 난다. 가족들 중에 정치를 찬성하는 사람이 없는 데다가 나중에 건강마저 좋지 않아 정치의 꿈은 접었지만 때때로 나에겐 속마음을 토로하기도 했다.

권위주의 시대의 고급관리로서 근엄함도 있었지만 친구처럼 다정함이 있기도 해서 국책은행의 이코노미스트인 나에겐 좋은 상담자요 날카로운 비평가의 역할을 해주셨다.

직장생활에서 가장 중요한 것이 인간관계라는 점을 늘 강조하시면서 나름대로 자기 스타일에 맞는 리더십을 정립하라는 부탁을 하기도 했다. 그래서 자주 등장한 인물이 일본 전국시대의 세 인물, 즉 오다 노부나가와 도요토미 히데요시 그리고 도쿠가와 이에야스였고, 그들의 리더십을 비교 토론하는 경우가 많았다. 여기 아름다운 두견새가 한 마리 있다. 그런데 울어야 할 이 두견새가 울지 않는다. 이 두견새를 어떻게 처리하면 좋을까?

오다는 당장 죽여 버리고 다른 새로 바꿔라. 도요토미는 목을 비틀든지 어떤 방법으로도 울게 하라. 도쿠가와는 울 때까지 기다리라. 좋은 예화라 생각한다.

이를 두고 군사 전략가는 오다는 용장이요, 도요토미는 지장이고, 도쿠가와는 덕장이라 한다. 모두 겸비할 수 없다면 이 중에 어느 장수가 제일 훌륭한 장수인지는 시대에 따라 업적에 따라 다를 수 있다고 보고 시대순으로 그들의 리더십을 살펴보자.

오다 노부나가의 리더십

첫째, 오다 노부나가(1534~1582)는 강력한 혁신정책과 카리스마 있는 리더십을 구사했다.

1543년에 일본 다네가시마(種子島)에 조총을 갖고 있는 포르투갈 상인이 상륙하였다. 그 조총은 아직 자동적으로 연속 발사가 안 되고 약간 조잡한 점도 있었기에 무시하는 사람도 많았지만 오다 노부나가는 단번에 알아봤다.

여러 사람이 동시에 발사하면 대단한 위력을 가질 수 있고 칼이나 활보다는 훨씬 파괴력이 있다고 보았다. 이 조총으로 일본의 전국시대를 통일하려고 하던 사람이 오다 노부나가였고, 사무라이에게 칼 대신 총을 들게 한 인물이다. 조총은 남만뎃포(南蛮鉄砲)라 해서 남쪽 오랑캐의 철포무기라는 뜻인데 서양의 선진 무기를 최초로 도입해서 실전에 사용한 무기이다.

오다 노부나가는 조총의 사용법을 능수능란하게 익히도록 훈련하고 동시에 이의 제조에 소요되는 막대한 자금을 마련하기 위해 노력하였다. 자금 확보를 위해 무역도 확대하고 수리제작 기술자를 우대하는 등 무기개발에 심혈을 기울였다. 그러나 조총은 멀리서 겨누어 살상하는 무기인지라 사나이답지 못하다는 인식도 있어 사무라이 중에서는 조총을 수용하지 않는 사람도 있었다.

하지만 오다 노부나가는 조총을 통한 무기 혁신, 군대편제의 혁신을 강력하게 밀고 나갔다. 드디어 오다 노부나가의 전술이 시험받을 찬스가 왔다. 그 전투가 바로 나가시노(長篠) 전투였다. 일본 역사에서 유명한 전투중 하나인 나가시노 전투는 신형 조총부대와 기존 기마부대의 싸움이라는 점에서 큰 의미가 있었다.

일본 최고의 기마부대 다케다부대와 보병 3000명의 조총부대 오다부대가 맞붙어 격전을 치르게 되었다. 당시에는 조총의 신속 발사에 문제가 있어 시간이 걸렸던 것이다. 1분에 대략 3발정도 밖에 발사를 못하는 맹점이 있었다. 그래서 오다 노부나가는 그의 전술로써 연속발사의 효과를 개발하였던 것이다.

이 전투는 철포(조총)와 무철포의 대결, 일본말로 뎃보(데뽀)와 무뎃보(무데뽀)의 대결로 유명하다. 우리나라 방언에도 무데뽀라 함은 아무 대책 없이 무식한 전략의 대명사로 불리게 되었을 정도다.

결국 데뽀를 가진 오다 노부나가는 무데뽀인 다케다 가쓰요리를 무참히 깨버렸던 것이다. 이리하여 오다 노부나가는 일본 전국시대에 일본통일의 싹을 키운 최초의 인물이 되었다. 포르투갈 선교사

일본사찰의 상징 원숭이

노드리게스는 "오다 노부나가는 일본 전국시대를 종식시키기 위해 나선 불세출의 전략가였다. 그가 일본땅의 절반을 차지하자 나머지 절반은 그의 이름만 듣고도 무슨 명령이든 복종할 태세였다"고 기술했다.

이런 카리스마를 가진 오다 노부나가는 그의 불같은 성격으로 인해 반감을 갖고 있던 부하의 배신을 당하게 되었다. 그것이 바로 혼노지(本能寺)의 변이다.

일본 교토에 있는 절 혼노지에서 오다 노부나가는 70명의 소수 병력만 데리고 정국 방향을 구상하고 있었다. 여기에 그의 강직하고 독선적인 리더십에 불만을 갖고 있던 부하인 이케치 미쓰히데가 다른 곳에서 전투하던 몇 만의 군사를 이끌고 노부나가가 있는 혼노지를 습격 불태워 버린 사건이 발생했다.

오다 노부나가는 불속에서 자결하여 49세의 아까운 나이로 생을 마감하였는데 그 시신은 아무도 발견하지 못했다고 한다. 이리하여 전국시대 첫 번째 영웅 오다 노부나가는 역사 속으로 사라지게 되었다.

'적은 혼노지에 있다'는 말은 '적은 내부에 있다'는 말이다. 마치 일본어 숙어처럼 쓰이는 이 말은 미쓰히데의 말인데 불행히도 그는 노부나가를 죽인 후에 나라를 운영하거나 군사를 통제할 만한 명분 있는 거대한 구상이 없었다.

결국 미쓰히데는 도요토미 히데요시에게 쫓겨가다 어느 부하에게 무참히 살해당하고 말았다. 일본 역사에서 배신자의 아이콘처럼 되어 버린 미쓰히데의 말로도 비참하게 막을 내렸던 것이다.

도요토미 히데요시의 리더십

둘째는 도요토미 히데요시(1536~1598)는 울지 않는 두견새는 목을 비틀어서라도 울도록 해야 한다는 적극적 리더십이다. 소위 타이밍의 귀재로 공격적 창조적 진취적 지세로 몸소 실천하며 평생을 살았던 사람이다.

전형적인 흙수저 출신인 히데요시는 본래 하시바 히데요시로 낮은 신분에서 시작하였지만 그의 운명은 금수저로 변신시켜 도요토미 히데요시가 되었다. 어릴 적 히데요시는 가난한 데다가 난폭한 아버지 밑에서 폭행에 시달리며 배우지도 못하고 가난하게 자랐다고 한다. 제법 철이 들었던 어느 날 오다 노부나가의 행차가 지나간다는 말을 듣고 그곳에 나가 노부나가의 마차 앞에 엎드려 가난해서 살 수가 없으니 죽여 달라고 하소연하며 애원하였다.

이를 본 노부나가는 행차를 방해한 무엄한 태도의 그를 죽이지 않고 그 사정을 듣게 됨으로써 두 사람의 운명적인 만남이 시작되었다. 그에게 처음으로 맡겨진 일은 변소지기였다. 히데요시가 그 일을 맡고 난 뒤 변소가 깨끗해지고 냄새가 나지 않았을 뿐 아니라 화장실 환경이 달라졌다고 한다.

이 이야기는 조선의 선조신록에도 기록되어 있는데 하층민을 비하하는 듯 기록하였지만 얼마나 열심히 노력하는 인간이었는지 알 만하다고 하겠다.

그 뒤에는 노부나가가 매우 신경 쓰고 있는 분야인 장보기를 맡았다고 하는데 주군의 관심사중 하나였으니 모두가 잘해 볼려고 했지만 히데요시를 능가하는 사람이 없었다고 한다. 장보기에 대해서는 많은 동료들이 그의 능력에 감탄하면서도 어떻게 그 가격으로 저 좋은 물건을 살 수 있을까 하는 것이 의문이었다고 한다.

결국 그 비결은 최고의 물품을 좋은 가격으로 사되 그 값의 반은 자기 돈으로 지불하는 것이었다. 돈 벌어서 자기 보스와 식객들에게 기꺼이 쓸 줄 아는 사람이었다.

더 감동적인 이야기는 추운 겨울날 노부나가가 아침 산책을 나가려고 하면 언제나 신발이 따뜻한 것을 느꼈다고 한다. 이상한 일이로구나 하고 살폈더니 히데요시가 신발을 데워 식지 않도록 품고 있다가 내어놓는 것임을 알았다.

히데요시는 그의 특유의 성실성과 치밀한 일처리로 주군의 신임을 받게 되고 측근에서 그를 모시게 됨으로써 출세가도에 올라서게 되었다. 일개 변소지기에서 오다 노부나가의 최측근이 되고 혼노지 사건이 일어나자 이를 수습하고 노부나가의 뒤를 이어 드디어 전국시대를 종식하고 통일을 쟁취하게 되었다.

가난하고 볼품없는 흙수저 집안의 히데요시는 명실공이 일본의 최고 실력자로 발판을 구축하게 되자 일왕으로부터 도요토미라는 성을 하사받아 도요토미 히데요시가 되었다.

노부나가로부터 고자루(小猿, 작은 원숭이)라는 별명을 얻었고, 하게네즈미(대머리 쥐)라는 별명 등 외모와 관련된 여러 가지 별명이 있었다고 한다.

도요토미 히데요시는 가문, 외모, 지식을 비롯한 어느 하나도 갖추지 못했지만 쇼군(將軍)보다 한 단계 아래인 간파쿠(關白)의 지위

에 올랐다. 쇼군에 이르지 못한 것은 역시 집안의 백그라운드가 받쳐주지 못했기 때문이라 하는데 그래서 그런지 그가 권력을 잡게 되자 쇼군제도를 없애 버리고 다이묘간 혼인도 금지시켜 자신의 권력 기반을 강화하였다.

경제적으로도 병농분리정책을 강화해서 일반 백성들은 전쟁에 동원하지 않고 오로지 농사에만 전념토록 하여 농업생산력을 향상시키는 한편 대도권을 가진 사무라이가 전쟁과 방위를 전담하는 등 노동력을 효율적으로 배분하는 일련의 정책을 추진하였다.

군사 무기면에서도 조총의 생산체제를 개량 실전에 배치하여 임진왜란 때 조선에 큰 타격을 주었고, 조선의 도공을 납치하는 등 기술자를 확보하고 우대하는 정책을 추진하여 일본의 도자기 산업을 비롯한 제조업 발전에 기반을 만들었다.

그러나 도요토미 히데요시는 조선을 침략하는 큰 실수를 범하게 되었다. 명분은 일본군이 명나라를 정벌하러 갈 테니 가는 길을 빌려달라는 소위 정명가도(征明假道)를 구실로 조선을 침략하였다.

당시 조선은 당파싸움으로 국론이 분열되어 있었고 조정이 국민의 지지를 받지 못한 데다가 군사력마저 형편없어 쉽게 이길 것으로 판단했던 것 같다. 임진왜란 초기에는 조정에 대한 국민감정이 좋지 않아 국란에 대한 호응도가 낮았던 게 사실이다.

그러나 전쟁이 길어지면서 조정의 무능과 무비태세에 대한 괘씸함보다는 먼저 나라를 구해야 한다는 애국심이 살아나면서 의병참가 등으로 전쟁의 양상이 달라졌다.

이에 따라 일본도 7년간의 긴 전쟁을 끝내야 한다는 움직임이 일게 되었고, 결국 도요토미 히데요시는 자기가 일으킨 전쟁 스트레스를 이기지 못하고 죽게 됨으로써 전쟁도 그의 시대도 끝나게 되었다.

도쿠가와 이에야스의 리더십

마지막으로 도쿠가와 이에야스(1542~1616)는 울지 않는 두견새는 울 때까지 기다린다는 인내와 끈기의 전략가이다.

1542년 영주의 아들로 태어난 이에야스의 본래 이름은 다케치요였다. 어린 시절 그의 인생은 볼모생활의 연속이었다. 도쿠가와 가문의 양쪽에는 오다 가문과 이마가와 가문이 있어 이들 힘센 가문에 끼어서 살았다.

살아남기 위해 두 가문을 적당히 사귀며 견제하고 때로는 아부하며 양다리 타기를 하지 않을 수 없었다. 도쿠가와는 오다 가문과 이마가와 가문의 인질생활을 교대로 하였던 것이다.

어느 날 도쿠가와가 이마가와 가문의 인질생활을 하기 위해 떠났는데 오다 가문에서 납치를 해서 자기들의 인질로 만들어 버린 일도 있었다고 한다. 이러한 인질생활을 하면서 도쿠가와는 매우 단단하고 냉철한 인간이 되어갔다고 한다. 소위 도쿠가와의 삶의 철학, 차가운 돌 위에 3년! 차가운 돌 위에도 3년을 앉아 있으면 따뜻하게 된다는 도쿠가와의 삶의 철학이 생성되었다고 한다.

인내의 도쿠가와, 도쿠가와 가문의 인질생활이 30년이었다고 한다면 그들의 인고의 세월이 얼마나 길었는지 알 수 있다. 오다 노부나가와 도요토미 히데요시 하에서도 항상 2인자로 조심조심 살았다고 한다.

심지어 오다가 도쿠가와의 충성심을 확인하기 위해 그의 아내와 아들을 할복하라 했을 때 가문을 위해 과감하게 실행한다.

얼마나 무서운 결단력인지 보통사람은 생각하기 어려울 것 같다. 도요토미가 "너는 교토를 떠나 멀리 에도로 가라. 그곳이 너의 영지다"라고 했을 때 그는 묵묵히 떠났다. 당시 에도는 늪지대가 대부분이고 불모지로 황무지 같은 쓸모없는 땅이었다.

도쿠가와는 이 땅의 물줄기를 바꾸어 관개를 하고 농토를 개발하며 경작지를 넓히고 항만시설을 만들어 항구도시를 건설해 나갔다. 국내외의 상인들을 유치하기 위해 여러 가지 정책을 추진하고 상업

https://blog.naver.com/priority79

도시 무역도시의 면모를 갖추어 그 시절에 인구 백만의 세계적 대도
시로 성장시켰다. 이 도시가 오늘날 천만도시 동경(TOKYO)이라면
도쿠가와의 미래를 내다보는 시각을 대충 짐작할 수 있을 것 같다.

　도요토미 히데요시 사후에 도쿠가와 이에야스는 운명적인 사건이
기다리고 있었다. 히데요시의 후견인 이시다 미쓰나리(서군)와 도
쿠가와 이에야스(동군)가 맞붙은 세기의 하루 전투였다.

　서군 8만, 동군 5만으로 도쿠가와 편이 수적 열세였기에 예상하기
가 쉽지 않았다. 오전에 동군이 불리한 전세를 도쿠가와가는 병사들
을 독려하며 "전쟁터에 나갔다가 돌아오는 방법은 두 가지가 있다.
적의 목을 베어 오거나 나의 목을 내주고 오는 것이다"라고 했다. 오
후에 서군측에서 내분이 일어나면서 오전의 기세가 속절없이 무너
지고 동군이 극적으로 승리하는 쾌거를 이루었다. 이로써 도쿠가와

는 최대 그리고 최후의 고비를 넘게 되었다.

여기서 임진왜란 이야기를 잠깐 언급하면 우선 이시다 미쓰나리는 도요토미 히데요시 휘하의 일급 참모로 임진왜란 때 철수에 따른 협상 등 행정업무를 관장했던 일본측 대표 중 하나였다.

따라서 히데요시에 대한 충성도가 매우 높고 그의 아들 히데요리에게 뒷배가 된 중요한 인물이라 할 수 있다. 도쿠가와 이에야스는 임진왜란 때 도요토미 히데요시와는 완전히 다른 견해를 갖고 있었기에 이러 저러한 핑계로 한 사람의 군사도 보내지 않았다.

도요토미 히데요시의 아들 히데요리는 아버지 죽은 후에도 요새인 오사카성에서 버티고 있었으나 노회한 도쿠가와의 적수는 되지 못하였고 오사카성의 함락으로 도요토미가(家)는 완전히 몰락하고 말았다. 이어 1603년 이에야스는 쇼군(將軍)이 되었고 에도막부 260년간 팍스도쿠가와 시대가 시작되었다.

이상 일본 전국시대의 세 사람의 리더십을 살펴보았는데 일본은 전란 속에서도 산업 발전과 생산성 향상을 위한 노력을 강화하여 국민의 삶의 질이 많이 높아졌다. 지도자의 리더십이 대변혁을 거치면서도 막강한 군사력을 유지할 정도의 튼튼한 경제발전을 이룩한 것이 특징적이었다.

조선 초기만 하더라도 우리나라 남쪽 지방에 일본의 왜구들의 도적질이 너무 많아 조정에서도 큰 골칫거리로 여러 가지 대책을 강구하였는데 조선 중엽 이후에는 일본의 경제상황이 점차 달라지면서 완전히 다른 양상을 보였다는 것이다.

02

장모가 좋아한 조선의 두 여인

　우리 장모님(강선순)은 조선시대의 신사임당과 허난설헌 두 여인을 좋아하셨고 가끔 옛이야기를 즐겨 하셨다.

　장모님은 우선 외모부터 올림머리를 하시고 언제나 단정하신 모습부터 신사임당과 비슷하고, 자녀 수도 칠남매를 두신 것도 똑같다. 예술적 재능을 가진 것도 두 분의 유사점이 많다.

　장모님은 난을 비롯한 화초 기르기, 자수 놓기 등 손으로 만드는 것은 모두 잘 하는 편이었고, 사임당은 시(詩)나 그림이 당대에 굴지의 인물이었다 한다. 아무튼 손끝이 야물다느니 맵다느니 하는 여인네들이 손으로 하는 일은 두 분이 모두 잘 하는 데서도 닮은 점이 있었다. 그런데 더욱 애정을 가졌던 것은 신사임당이 부모님으로부터 많은 사랑을 받기도 하였지만 친정에는 아들이 없어 친정의 모든 제사를 사임당의 아들인 율곡에게 맡기게 되었다고 한다. 아마 율곡이 태어날 때부터 외조부모의 사랑을 많이 받았던 것 같다.

율곡의 외할머니 유언

　"현룡(이율곡)아! 제사는 네가 모셔야겠다. 한양에 있는 수진 방기와 집을 그 몫으로 줄 테니 외가의 제사를 맡아다오."

. 나의 장모님도 장인어른이 갑자기 돌아가신 후 결정해야 할 몇 가지 중요문제 중 하나가 제사문제였던 것이다. 사랑하는 외아들이 군에서 순직하고 난 뒤부터 당연히 양자와 제사문제가 대두되었다. 고민하고 있던 제사문제를 사임당의 어머니 방식과 같이 예뻐하던 외손자, 나의 둘째 아들에게 맡기게 되었던 것이다.

신사임당의 어머니 해법으로 제사문제를 해결하고 나서 사임당의 가계이야기를 하시면서 더욱 친밀하게 좋아하신 기억이 난다.

한편 허난설헌은 조선 역사에서 가장 천재적 시인, 장모님이 좋아하는 시인이라고 하셨다. 신사임당보다는 한참 늦은 세대지만 16세기 전후기 동시대에 태어나 모진 시집살이와 불운이 겹쳐 결국 서른을 넘기지 못하고 요절했다. 남편 사랑을 받지 못했던 허난설헌이 가장 사랑했던 두 자식, 딸과 아들을 차례로 여의고 뱃속에 아이마저 먼저 저세상으로 보내자 삶의 의욕을 잃었던 것 같다.

장모님도 마찬가지로 어려운 고비를 넘겼다. 장성한 아들과 딸 둘을 먼저 보낸 우리 장모님도 대단한 인내심을 가졌지만 그 스트레스가 이만 저만이 아니었을 것이다. 부모가 죽으면 산에 묻지만 자식은 가슴에 묻는다는 말처럼 허난설헌의 자식 잃은 아픔을 너무도 공감하고 아까운 재주, 수많은 시와 그림들이 묻혀 있을 텐데 피우지 못하고 시들어 버린 인생을 안타까워했다.

동병상련이라고 했던가. 젊은 나이에 자식 잃은 슬픔이 어떠했을까 알지만 스물일곱 꽃다운 나이인데 너무 아깝다고 슬퍼했다.

이제 두 여인의 이야기를 나의 장모님 방식으로 전개해 보고자 한다. 신사임당과 허난설헌은 친정이 모두 강릉이고 두 집안이 멀리 떨어져 있는 곳이 아니라 한다. 신사임당의 아들 이율곡이 오죽헌에서 태어났고, 건너 경포호수 뒤켠에 허난설헌의 생가가 있다고 한다.

조선시대 우리나라가 아녀자에게 정식으로 한문공부를 시킨 집안은 거의 없었고 심지어 궁중에서도 언문 외에는 공부를 못하게 했다고 하니 일반가정에서는 오죽했겠는가?

그런데 두 여인은 부모님의 관심 속에서 자랐지만 대체로 어깨너머로 배운 한문공부인데 한시를 자유자재로 구사했다고 하면 비범한 사람이 틀림없다고 생각된다.

그런데 어릴 때 유복하게 자랐던 두 여인의 삶은 결혼하면서 완전히 다른 길을 걸어가게 되었다고 한다.

신사임당의 예술적 감각

신사임당(1504~1551)은 이름이 아니라 호(號)다. 본인이 직접 지었다고 하는데 본받고 싶었던 중국 주나라 문왕의 어머니 태임(太任)의 임(任)자를 따고 스승으로 삼겠다는 사(師)를, 집당(堂)을 붙여 신사임당(申師任堂)이라 했다고 한다. 본래 이름은 신인선으로 우리들 누님 이름과 비슷하다.

신사임당의 이미지는 조선시대의 대표적이 현모양처상으로 5만

원권 화폐의 주인공으로 되어 있다.

화폐의 인물 선정에 논란이 많았다고 하는데 우선 여성 한 분을 선정하는 기준에는 이의가 없었으나 신사임당은 현모양처가 아니라는 이론과 나라를 위해 한 일이 별로 없다는 이유 등으로 반대도 많았다고 한다. 마지막까지 유관순 열사와 경쟁하여 이겼다고는 하나 지금도 논란이 있다고 한다.

신사임당은 주자 성리학의 기본을 잘 터득하고 있었으며 시화, 한시, 산수화 등에 대단한 재주가 있었던 것으로 보인다. 특히 초충도를 많이 그렸는데 이는 자수를 놓기 위한 밑바탕 그림으로 필요했기 때문으로 생각된다. 그녀가 남긴 그림의 수준은 매우 뛰어나 보통의 화가 수준을 넘어섰다고 한다.

이율곡의 어머니 그림 평가

"어머니께서는 늘 목적이 다르셨다. 7세 때부터 안견의 그림을 모방하여 마침내 산수화를 그리신 것이 지극히 신묘하였고, 또 포도를 그리셨다. 모두 세상에서 흉내낼 수 없는 것으로 그리신 병풍과 족자가 세상에 많이 전한다."   〈율곡전서〉

그러나 신사임당의 산수화 그림은 많지 않다. 당시 산수화는 주로 중국풍으로 중국의 산수를 많이 그렸기 때문에 똑같은 패턴에다 남의 그림이라는 인상이 강해 크게 매력을 느끼지 못했다고 한다. 포도그림에 대해서는 이런 에피소드가 있다.

어떤 부인이 빌린 한복을 곱게 차려입고 사임당에게 왔는데 그 비

싼 옷감에 이상한 색깔의 물감이 묻어 그만 못쓰게 되었다고 한다. 여기에 사임당이 예쁜 포도그림을 그려 옷을 더욱 화려하게 살렸다고 하며, 그 포도그림이 현재 대구 관송미술관에 남아 있다고 한다.

산수화는 조선 초기 최고봉이 안견이었다. 신사임당이 그 안견의 수준에 비길 만하였고 안견 다음이라고 호평한 사람도 있었다. 그러나 여인이 산수화를 그리는 것은 어울리지 않는다는 편견이 있었고 남겨져 있는 작품도 별로 많지 않은 데다가 후대 학문의 주류를 형성했던 이율곡 계열의 주자 성리학자들이 기피하는 경향이 있었다고 한다.

그래서 그런지 신사임당의 산수화 이야기는 슬그머니 자취를 감추었고, 대신에 초충도를 극찬하고 있는 것은 우연이 아닐 것이다.

송시열의 신사암당의 난초그림에 대한 발문

"그 손가락 밑에서 표현된 것으로도 혼연히 자연을 이루어 사람의 힘을 빌려서 된 것은 아닌 것 같은데 하물며 오행의 정수를 얻고 또 천지의 기운을 모아 참 조화를 이룸에는 어떠하겠는가? 과연 율곡 선생을 낳으심이 당연하다."　　　　　　　　　　　　〈송자대전〉

율곡의 외가는 쟁쟁

신사임당은 평산신씨 가문으로 한때 매우 부유하여 100명의 노비를 둔 적이 있었다고 한다.

신씨 남편은 이원수로 상대적으로 당시에는 별 볼일 없는 덕수이씨 가문이었다. 일설에 의하면 재력있는 집안에 딸만 있고 딸들이 똑똑하였기에 데릴사위로 적합한 사람을 골랐다고 하는데 신사임당은 언제나 당당한 위치에서 자기의 능력을 발휘해 가며 살았기에 그런 이야기가 나온 것 같다.

사실 남편 이원수는 과거에도 매번 낙방하고 경제적 능력도 없어 자식들에게도 아버지의 역할이 미미하였던 것이 사실이었다. 그런 의미에서 보면 그 남편은 항상 머리 좋은 부인에게 눌려 살았던 것 같다. 그래서 술과 도박을 좋아하는 주막집 여인 권씨와 사랑에 빠지고 그 때문에 부부 사이에 다툼이 있었던 것으로 보아 남편을 존경하거나 순종하면서 살아간 것은 아니었던 것 같다.

능력없이 처가살이하는 남편의 과거공부 뒷바라지 때문이기도 했겠지만 시부모나 시댁 주위 사람들에게는 책잡히지 않을 정도로 절제하며 지냈던 것으로 보인다. 그런 의미에서 보면 좋은 부인(양처)이나 좋은 며느리라고 말하기는 어려울 것 같다.

40대 중반에 들어서 신사임당은 건강이 좋지 못해 본인의 죽음을 예지하고

신사임당 초상화

남편에게 유언을 하게 된다.

"우리에겐 칠 남매가 있으니 후손이 더 필요하지 않아요. 그러니 내가 죽더라도 장가는 들지 마세요."

아마 남편의 성향으로 보아 자식들의 안위와 불화가 염려되었던 모양이다. 그리고 신씨 부인 자신의 사후를 예상하고 재혼에 대한 부부간의 논쟁이 있었지만 신씨가 죽고 나자 얼마 지나지 않아 권씨를 집으로 데리고 들어왔다.

이를 견디기 어려워했던 율곡이 삭발하고 금강산에 들어가 스님이 되는 불상사가 생겼던 적이 있었던 것이다. 교육열 면에서 보면 신사임당의 열정은 대단했던 것 같다.

자신의 솜씨를 전수받은 큰 딸 이매창이 그린 '달과 매화'라는 그림은 수준 높은 작품으로 오죽헌에 남아 있고, 특히 셋째 아들 이율곡에 대해서는 조기교육으로 일찍이 학문적 기초를 튼튼하게 하여 당대 대학자 사상가로, 명망 있는 정치가로 성장하게 하였으며, 조선 중기 이후 250년간 권력을 휘두른 노론세력의 뿌리가 되었다고 한다.

따라서 신사임당도 이율곡의 어머니라는 점 때문에 느닷없이 현모양처의 표상으로 부각되고 시문학을 비롯한 예술적인 천재 여성으로 등장하게 되는 등 다소 과장된 부분이 많았다고 보는 시각도 있다. 아들 덕분에 역사적으로 운이 좋은 분, 혹은 기독교계 성모 마리아와 같은 분이라고 주장하는 사람도 있다.

천재 시인 허난설헌

이에 반해 허난설헌(1563~1589)은 진짜 천재이고 너무도 불운하여 가슴이 아린다고 한다. 허난설헌(許蘭雪軒) 역시 호(號)다. 이름은 초희(楚姬)다.

난초는 본래 여름에 예쁜 식물이라 하는데 눈밭에서 어렵게 자라서 꽃피우면 향기가 진하고 꽃이 더 아름답다고 한다. 파란만장한 자기의 운명을 예견이라도 한 듯 어려움 속에서 가냘픈 인생을 살다 간 '눈 속의 난' 이었다.

허난설헌은 강릉의 유복한 집안에서 태어났고 어려서부터 시화에 능해 신동이라 부를 만큼 총명했다고 한다. 여덟 살 때 '광한전 백옥루 상량문'을 지은 한시가 한석봉의 필치로 남아 있다. 시문뿐 아니라 그림에도 재주가 있어 한견고인(閒見古人)이란 그의 인생에 의미 있는 서화를 남겼다.

주자 성리학은 물론 도교에도 심취하는 등 철학적 사상도 남다른 데가 있었고 양반가문이면서 빈부격차와 서얼차별에 대해 비판적 시각이 뚜렷했던 것을 보면 남동생 허균을 비롯한 가문의 분위기가 매우 진보적이었던 것 같다.

아버지 허엽은 유명한 송도삼절, 서경덕의 문하생이었고 경상도 관찰사를 지냈던 고급관리요 정치가였다. 오빠가 허봉, 남동생이 허균으로 모두 과거에 합격한 당대의 대단한 선비였다.

이런 분위기에서 귀엽고 똑똑한 여자애가 어깨너머로 배운 글이며 시문이 너무 놀라워 허봉이 한참 아래인 자기 여동생을 글동무라

칭하였다고 한다. 가부장적 시대에도 남녀 차별하지 않고 여동생을 관심 갖고 격려해 주었을 뿐 아니라 서얼 출신 친구 이달을 스승으로 하여 가르침을 받도록 했다.

이것 또한 파격이었지만 허난설헌은 아마도 오빠와 스승 이달의 사상적 영향을 많이 받고 자란 것으로 추측된다.

유복한 가정에서 글공부와 서화를 즐기며 지내던 허난설헌은 혼인을 하면서 그의 인생이 완전히 달라지기 시작했다. 열다섯 살쯤에 안동김씨 가문과 혼담이 오갈 때 허씨는 일하는 사람으로 변복하고 그 집에 들어가 분위기를 살폈는데 자기가 적응하기 어렵다고 판단되어 부친께 사정하였다고 한다. 허나 가문간의 약속이라 어쩔 수 없다고 해서 결국 혼인을 하고 시댁에 들어가 시집살이를 시작했다고 한다. 남편은 시문이나 사상이 소통할 정도도 아니고 그렇다고 다정다감한 사람도 아니었다고 한다.

오대에 걸쳐 과거에 합격한 안동김씨 집안의 전통이어서 과거시험이 최대 관심사였으나 계속 낙방하는 남편이 시험공부한답시고 기방을 자주 드나들어 많이 실망했다고 한다.

그러나 허난설헌은 능력없고 애정없는 남편을 탓하지 않고 괴로우면 시를 쓰고 그림을 그리면서 자기를 다스렸으나 시댁에서는 이를 못마땅하게 여겼다. 한시와 서화에 재주가 많은 며느리에 비해 아들의 글공부가 너무 못 미친다는 것을 알고 시어머니가 미워하기 시작해서 허씨의 시집살이는 점점 더 고달팠다고 한다.

너무 애절한 어머니의 심정

어린 나이에 의지할 사람 없이 시로써 달래던 외로운 그의 생활이 아이를 갖게 되면서 활력을 되찾게 되었다. 딸을 낳고 그리고 다시 아들을 낳게 되어 천하를 가진 것보다 더 좋았다고 한다.

그러나 이 무슨 운명의 장난인지 돌림병으로 딸이 죽게 되어 너무 슬펐는데 이듬해 아들마저 저세상으로 가버리는 비운이 찾아왔다. 단말마의 아픔이라더니 허씨는 얼마나 슬펐는지 피눈물을 삼켰다고 읊었다. 한시로 쓴 그의 시를 한글로 풀어 쓰면 다음과 같다.

아이를 잃은 어미의 통곡

지난해에는 사랑하는 딸을 잃고
올해는 사랑하는 아들까지 잃다니
서럽고 서러운 강릉 땅에
두 무덤 마주보고 섰구나
백양나무 사이로는 쏴아아 바람이 불고
소나무 가래나무 사이로는 번쩍이는 도깨비 불
지전으로 너희 넋을 부르고
너희 무덤에 술을 따른다
그래 알겠다 너희 오누이 혼은
밤마다 어울려 놀겠지

내 뱃속에 아이가 있지만
그것이 잘 크기를 어찌 바라겠나
애끓는 노래 하염없이 부르며
피눈물을 삼킨다

허난설헌, 곡자(哭子)

자식의 죽음은 가슴에 묻는다는 여인의 절규가 얼마나 절절했는지 공감이 간다. 특히 허난설헌의 가슴은 뱃속의 아이가 유산됨으로써 그만 무너져 삶의 의욕을 잃지 않았는가 생각된다.

아릿다운 부용 꽃 스물 일곱 송이
붉게 떨어지니 달빛 서리 위에서 차갑구나

몽류광상산시(夢遊廣桑山詩)

나이 23세에 지었다는 이 시는 허난설헌의 마지막을 예언하는 시라고 한다. 여기서 '부용꽃 스물일곱 송이'라는 말은 생을 마감한 스물일곱 살 나이와 같기 때문이다. 정말 천재적인 재주를 가진 젊디젊은 아름다운 여인이 이렇게 일찍 요절한 것은 너무도 슬픈 일이었다.

시집살이라는 굴레에 갇혀 큰소리 한 번 내지 못한 그녀는 이렇게 힘든 삶의 원인을 다음과 같이 세 가지 한으로 토로했다.

허난설헌의 삼한(三恨)

조선이라는 소천지(小天地)에 태어난 것
더구나 여인으로 태어난 것
그리고 김성립의 처가 된 것이
평생의 삼한(三恨)이다.

이렇게 짧은 인생을 살다 간 난설헌은 주옥 같은 시를 많이 남겼는데 죽기 전에 모두 불태워 버리라고 했다. 불태워진 것도 상당히 있었지만 동생 허균이 갖고 있는 시도 많았고, 누나에게서 직접 들어 기억하고 있는 시도 제법 있었다고 한다.

이런 시를 차마 버릴 수가 없었고 아까운 누나의 시혼을 살리고 싶은 허균의 강한 의지가 있어 시집을 발간하기로 하였다. 그 시집에는 이렇게 쓰여져 있다.

"오래 되면 다 잊혀질까 두렵다. 이에 나무에 새겨 널리 전하는 바이다."(난설헌집)

그러나 당시 우리 조선에서는 여자의 시집이 별로 인기가 없었는데 여자의 글은

허난설헌 초상화

담장 밖으로 나가면 안 된다는 분위기였다. 그래서 국내에서는 알려지기가 힘들었다. 그런데 이 시집을 본 중국 사신이 감탄하고 중국으로 갖고 가서 거기서 출판하여 대호평을 받게 되었다.

명나라에 이어 청나라가 되었는데도 이 시집의 인기는 계속되어 베스트셀러를 유지했고 한 때는 중국의 종잇값을 올릴 정도로 대단했다고 한다. 이 시집의 인기가 일본 출판으로도 이어져 국제적으로 호평을 받게 되었는데 소위 '난설헌 시집' 은 최초의 한류열풍이 아니었는지도 모르겠다.

이상 두 여인의 삶과 인생에 대해 살펴본 바와 같이 두 분 모두 훌륭하지만 장수하지는 못했고 상대적으로 허난설헌은 신사임당에 비해 저평가되었다고 볼 수 있다. 어쩌면 허난설헌의 천재성이 더욱 높게 평가되어야 할 부분이 많은데 무엇이 이처럼 다른 결과를 내게 되었을까? 가문과 정권의 배경이다.

허씨네 가문은 조선 중엽 이후 한 번도 정권을 잡지 못한 북인에 속했고, 오히려 '홍길동전' 의 저자로 유명한 허균은 광해군 때 역모로 몰려 처형되고 말았다.

  그 후 대대로 역적 가문으로 낙인 찍혔으니 허난설헌도 올바른 평가를 받기 어려웠을 것으로 보인다. 후대에 지배세력들이 인위적으로 만들어낸 부분이 많다는 점에서 그렇고, 사실 그대로 그리고, 있는 그대로 가감없이 평가하는 역사적 심판이 매우 아쉽다는 점에 서도 그렇다.

제 **5** 장

우리 박권사의 선배

나혜석과 롤모델 에스더

01
나혜석의 예술과 사랑

화가이자 소설가 나혜석

우리 집 박 권사는 진명여고 출신이다. 출신학교에 대해 크게 자랑하지는 않지만 자부심은 대단하다. 일제강점기에 일찍이 여성개화운동을 주창했던 선각자들이 많다. 나혜석, 노천명, 김명순 같은 사람들이 진명여고 출신이다. 그 중에도 나혜석 씨의 생애를 가끔 설명하면서 안타까워한 것이 생각난다.

나혜석은 1896년 수원의 부유한 가정에서 태어나 일제강점기를 거쳐 1948년 52세의 나이로 죽기까지 파란만장한 생애를 살았던 사람이다. 개화기에 한국의 화가이자 소설가, 시인, 조각가, 여성운동가, 사회운동가 그리고 언론인으로 평가를 받았다.

그러나 선각자나 개척자의 길이 험난했듯이 나혜석의 생애도 자신의 능력을 꽃피우지 못하고 모진 풍파에 시들어 버린 꽃처럼 슬픈 역사를 남기고 사라져 갔다.

　나혜석은 어려서부터 머리가 좋고 총명하였다고 한다. 일찍부터 그림 그리는 것을 좋아하여 수원화성, 사도세자와 정조의 능침인 융건릉, 방화수류정, 서호를 찾아다니며 그림을 그리곤 하였다. 1910년 삼일여학교(수원 매향중학교 전신) 재학중 나혜석은 월간지 '개벽'을 위해 단색목판화를 제작하였다. 단색목판화 '개척자'는 월간 '개벽' 13호에 게재되었는데 이는 어린 중학생 시절부터 화가로서 자질이 출중하였다는 것을 증명하고 있다.

나혜석은 중학교 과정인 삼일여학교를 졸업하고 진명여자고등 보통학교(진명여고)로 편입학하였다. 진명여고 시절 모범생이었던 나혜석은 수려한 외모와 함께 성실한 생활 태도를 가졌으며 최우등으로 졸업하였다는 사실이 매일신보에 사진과 함께 소개될 정도로 그 시대의 하이틴 스타가 되었다.

여고 졸업생이 신문에 소개될 정도로 신교육을 받은 여성이 드물었던 시대이었지만 나혜석이라는 유망한 젊은 여성의 매력은 일찍이 매스컴에서 관심의 대상이 되었다. 이어 나혜석은 진명여고를 졸업하고 일본 유학을 결심하게 되었다.

오빠 나경석이 후원자

당시 일본에서 유학하고 있던 오빠 나경석의 권유로 동경여자미술학교의 유화과에서 서양화를 공부하게 되었다. 미술학교 유화과 재학 당시 그녀는 서양화와 유화를 배웠지만 그 밖에 미술전반에 대한 것을 익혀 수채화, 조각, 목판화, 석각공예, 서예 등 다양한 분야에 작품을 남겼고, 점차 그의 우수성이 나타나게 되었다.

1914년 4월 9일 매일신보에 의하면 다음과 같은 기사가 게재되었다.

"동경에 유학하는 조선 여학생 수효는 30명에 이르나 여러 가지 이유로 모두 성적이 좋다고 하기는 어려우나 연약한 여성의 몸으로 학업을 닦기 위하여 만리 해외에 괴로움을 달게 여김은 청년 남자가 도리어 부끄러이 여길 바이라. 그 중에도 제일 학업성적이 남보다 출중한 여자 유학생은 여자 미술학교 생도 나혜석, 여의학도 생도 허영숙, 일본여자대학교 정수창 등 세 규수이다."

일본 유학중 그는 현지의 조선인 유학생 단체에도 가입하는 한편 '학지광'에도 글을 기고하여 동

인으로도 활동하고 조선인 유학생단체에도 나갔다. 그는 우수한 재능과 달변으로 많은 친구들과 폭넓은 교제를 하였는데 이광수, 안재홍, 염상섭, 신익희, 주요한, 김성수 등과도 교류하였다.

이 시기부터 나혜석은 점차 여성운동가로서 모습을 나타내기 시작하였다. 1914년 12월호 '학지광'에 기고한 나혜석의 글 중 현모양처와 부덕을 비난한 글이 사회적 문제로 등장하게 되었다. 그는 현모양처를 이상적인 여성상으로 보는 한국 사회의 여성관을 비판하였다. 현모양처만이 좋은 여성은 아니라는 것이었다.

인형의 집에 매료

여자도 인간임을 스스로 깨달아야 한다는 계몽적 단편소설 '이상적 부인'을 쓰면서 남성 사회에 경종을 울리는 한편 춘원 이광수가 매혹될 정도로 소설가로서의 자질도 대단했던 것으로 알려졌다. 그 때문에 이광수와의 염문이 있었고, 한때 동경 유학생 사이에 뜨거운 화젯거리가 되기도 하였다.

나혜석이 가장 사랑했던 문학작품은 그가 1921년 번역 연재까지 했던 노르웨이 작가 입센의 '인형의 집'이었다. 그는 자유를 향해 남편과 자녀를 두고 떠나간 주인공 로라의 운명이 자신을 닮아간다고 느꼈다. 나혜석이 처음 접한 인형의 집 일본번역 텍스트는 1912년에 나온 일본어판이었으나 후에 영어본과 노르웨이 원전의 내용

농촌 풍경

을 독파, 한국번역본을 원전에 가깝게 보완하였다고 한다.

그가 '인형의 집'을 이처럼 열정적으로 정독한 이유는 '주인공 노라의 미래는 우리의 미래다'라는 세이도(靑踏) 선언 때문이었다. 세이도는 일본 최초의 페미니스트 잡지로 나혜석과 친구 김일엽을 여성운동에 눈뜨게 해 준 라이초(雷鳥) 여사가 발행인이었다. 말하자면 여성운동에 스승과 같은 발행인의 선언이었던 것이다.

그림문학 등 팔방미인 나혜석

나혜석은 미술학도로서 미술공부를 열심히 하면서도 그림보다 오히려 소설, 시, 희곡, 수필, 논설 등 모든 문학 부문에서 탁월한 기량을 보였다. 1917년 동경여자유학생 친목회를 조직하고 동친목회 기관지 '여자계(女子界)'를 창간하였다.

나혜석은 훗날 이광수의 부인이 된 허영숙과 더불어 편집위원이 되어 기관지 여자계를 주도하였으며, 여기에 1918년 3월 단편소설 '경희'를 발표하였다. '경희'는 나혜석 작가가 자신의 페미니즘을 이야기꾼 형식으로 서술한 소설이다.

경희라는 여성이 일본 유학을 하고 있는데 방학 때 집에 와서 일본인 선생님에게서 재봉틀 기술을 배워 경제적으로 자립할 뿐 아니라 주체적이면서 자주적인 인간으로 살아간다는 줄거리이다.

이 소설은 한국문학사 최초의 근대소설인 춘원 이광수의 '무정' 못지않은 인기를 누렸으며, 우리나라 페미니즘 문학의 효시로 평가

된다.

1918년 3월 동경여자미술학교를 우수한 성적으로 졸업한 나혜석은 귀국하여 모교인 진명여고에서 미술교사로 근무하였다. 이어 서울에서 처음으로 개인 미술전시회를 열어 유화가 무엇인지를 일반 지식인에게 적극적으로 알리는 한편 일제하의 어려운 민중의 삶을 표현한 '이른 아침(早朝)'과 같은 목판화를 발표하여 민족혼을 고취하는 데도 노력하였다.

정신여자중고등학교와 함흥의 영생중학교 미술교사로도 활동하면서 미술교육의 저변을 확대하였으며, 조선미술전람회에 매년 작품을 출품해 수상을 거듭했고, 일본의 제국미술원 전람회에도 입상하는 등 화가로서 실력을 널리 알리게 되었다.

나혜석의 활발한 작품활동은 3.1운동을 계기로 큰 변화를 겪게 되었다. 일본 유학시절부터 잠재된 민족의식이 구체적 활동으로 나타나기 시작하였다. 동경유학생 동지인 김마리아, 황애시덕, 박인덕 등 친구들과 함께 3.1만세 운동계획을 수립하는 한편 자금조달을 위해 개성과 평양을 방문하기도 했다.

3.1운동 때는 독립선언서를 사전에 입수 비밀리에 배포하다 일경에 체포되었고, 이어 '이화학당 만세사건'의 핵심인물로 지목 경성법원에서 징역 6개월을 선고 받고 복역하였다. 복역하면서 옥중의 열악한 환경과 빈민 범죄자들을 그의 눈으로 직접 보고 식민지 치하에서 고통받는 민중의 존재를 깊이 인식하게 되었다.

석방 후에도 일제의 보호감시 처분을 받으면서도 조선노동공제회 기관지 『공제(共濟)』 창간호에 노동자들의 근로의욕을 북돋우는 판화를 발표하기도 하고, 칼럼과 시 그리고 삽화를 그리기도 했다. 이어서 김일엽 등과 함께 창간한 『신여자』지는 재정난으로 얼마 못가 폐간되고 김억, 오상순, 염상섭, 김일엽 등과 『폐허』지의 동인이 되어 민족의식을 고취하는 활동을 전개하였다.

김우영과의 결혼이 갈림길

이 무렵 그의 집안에서는 그에게 결혼을 강요하였다. 첫사랑이었던 일본 유학생 최승구가 폐결핵으로 요절하자 한동안 방황했던 나혜석은 오빠 나경석이 강력 추천했던 김우영을 여러 차례 거절하였으나 3.1만세운동으로 재판받을 때 김우영이 변호를 맡아 주면서 그와 점차 가까워졌다. 그는 결혼을 오래 망설이다가 자신의 과거 남자를 밝히고 몇 가지 조건을 제시하였는데 이것을 모두 김우영이 받아들이면서 결혼승낙이 이루어지게 되었다.

사실 김우영은 나혜석보다 10년이나 연상이고 전처에서 이미 딸도 한 명 있는 이혼남이었다. 나혜석이 요구한 결혼조건은 4개항으로 되어 있었다.

첫째, 평생 지금처럼 사랑해 줄 것.

둘째는 그림 그리는 것을 방해하지 말 것.

셋째, 시어머니와 전실 딸과는 별거하게 해 줄 것.

넷째는 최승구 묘지에 비석을 세워 줄 것을 요구하는 조건이었다. 실로 파격적인 조건이었다. 지금 시대도 수용하기가 쉽지 않을 텐데

1920년에 나혜석 말고 누가 할 수 있었을까?

결혼식은 서울 정동교회에서 목사의 주례로 기독교식으로 거행되었다. 나혜석은 1917년 동경에 있는 연합교회에서 세례를 받고 이미 기독교 신자가 되어 교회봉사도 상당히 많이 한 것으로 알려졌다. 결혼식은 간소하게 하자는 나혜석의 간청에 따라 당대에 명문가임에도 단촐하였다고 한다. 결혼식 청첩은 당시 청첩장을 보내는 관행을 깨고 신문에 연일 광고하여 또 한 번 유명세를 탔다.

그들 결혼의 최대 화제는 신혼여행지였다. 신부의 전 남자친구인 최승구의 묘지가 신혼여행지였고, 거기에 비석을 세워주는 일까지 하였으니 남자들 편에서는 한동안 장안의 뒷담화거리가 되었다. 이렇게 진기한 신혼여행은 훗날 염상섭의 소설 '해바라기'의 모델이 되기도 했다.

신혼 초기에도 나혜석은 문예지 '폐허', '백조'의 동인으로 참여하여 활동하는 한편 화가로서 활발한 창작열을 보여주었다. 1921년 매일신보에 섣달 대목과 설날 전후 남성들은 노는데 비해 가사 노동에 시달리는 여성들의 모습을 그림에 담고 있어 의식있는 여성화가의 자세를 보여주었고, 동년 3월 매일신보와 경성일보 후원 아래 조선미술사에 최초의 여성유화 개인전을 열었다. 개인전 첫날 관람객이 무려 5,000명에 달하는 등 인산인해를 이루었다고 보도할 정도로 성공을 거두었다. 가히 유화의 개척자의 면모를 유감없이 보여주었다.

평론가들은 나혜석이 한국유화를 정착시킨 최초의 전업화가였다고 평가하고 있다. 미술작품을 본격적으로 제작해 전시 판매 등을 통해 전업화가의 기초를 닦은 선구적 예술가라고 보고 있다. 많은 남성 화가들이 시대를 한탄하며 붓을 꺾었을 때에도 남들이 알아주든 말든 꾸준히 그림을 그렸다. 그의 작품은 주제도 소재도 다양하였다.

수차례의 개인전과 조선미전 등을 통해 유화라는 새로운 매체의 위상을 확립했고, 작품을 판매하여 직업으로서 화가생활을 영위하였던 한국 최초의 여성이 아니었나 싶다.

화가 겸 문인으로서 나혜석은 동료 문인인 이광수, 염상섭 등의 소설, 저서에 삽화를 그려주기도 했고, 신문에도 삽화를 게재하기도 했다. 유화뿐 아니라 데생, 목각과 석각, 조각, 신문 및 책의 삽화 등 다양한 분야에 작품을 남겼다. 작품에는 정치색은 띄지 않았으면서도 당시의 사회상, 일상 풍경 등을 세밀하게 묘사하였으며, 풍경화를 많이 그렸지만 인물화, 초상화 심지어 누드화에 이르기까지 다양한 기법을 사용하여 섬세한 아름다움을 묘사하였다.

나혜석은 작품활동을 왕성하게 하는 시기에 임신 출산하게 되어 일시 주춤하였고, 예술과 육아에도 갈등하게 되었다. 1923년 첫딸을 낳았을 때 그는 잡지 '동명' 지에 여성에게 아이를 낳는 것은 거룩하고 신성한 일이라고 표현했다.

신혼 초에 두 사람 희열의 결정체라는 의미를 담아 열(悅)자를 넣고 남편과 자기 성을 따서 김나열(金羅悅)로 지었다고 하였다. 이 때만 해도 보통의 여성들과 마찬가지로 모성애를 평범하게 표현하였으나 이에 대한 관점이 점차 바뀌게 되었다. 이후 아들 김선과 김진을 두게 되고 파리 체류중 김건을 출산하였다.

그러나 네 자녀를 낳아 기르면서 자녀에 대한 어머니의 맹목적 희생을 당연히 여기는 풍조에 염증을 느낀 그는 얼마 뒤에 '어미된 감상기'를 발표하였다. 여기서 '나는 할 일이 많다. 이제야 예술이 무엇인지, 인생이 무엇인지 알게 되었는데 이와 동시에 나는 어머니가 되어가고 있었다'라는 말을 통해 어머니로서, 화가로서, 한 인간으로서 느끼는 감정을 술회한다. 그리고 '모성은 본능이 아니다'라고 깜짝 놀랄만한 말을 한다.

모성은 아이들을 기르면서 생기는 감정이며 그것이 얼마나 아름다운 것인지에 대해서만 지나치게 강조되고 있다. 결론적으로 모성애는 강요된 것이며 모성의 신화는 없다고 주장한다.

나혜석의 예술과 자유연애

그는 자기의 작품세계에 대해서도 한계를 느끼면서 고민했다. '기교만 조금씩 진보할 뿐 정신적 진보가 없어 자신을 미워할 만큼 괴롭다'고 말했다. 1920년대 후반에는 일본 외교관이 된 남편을 따라 세계일주 여행을 하게 되면서 문화 예술에 대한 새로운 안목을 갖게 되었고, 구미선진국 문물에 흠뻑 빠지는 경험을 하게 되었다.

나혜석의 세계일주는 한국여성1호로 기록하였으며, 특히 파리에 머물게 되면서 나혜석의 작품활동에 새로운 전기를 마련하게 되었다. 남편 김우영이 베를린에서 법률공부를 하는 동안에 나혜석은 프랑스 파리에서 미술을 공부했다.

나혜석은 파리에서 8개월간 야수파 계열의 화가가 지도하던 미술
연구소에서 수학하면서 그림연구를 하였는데 귀국 후 야수파와 입
체파, 후기인상파의 경향을 보이면서 작품의 분위기가 크게 달라졌
다고 한다. 서양화를 공부한 화가였지만 대가들의 실물 그림은커녕
칼라 도록조차 제대로 구경한 적이 없었다고 한다. 그 중에도 그 때
까지 신문이나 그림으로만 보던 렘브란트 작품 등을 실물로 보면서
감명을 받았으며 그 외에도 대가들의 작품을 실컷 볼 수 있는 절호
의 기회를 가졌었다고 술회하였다.

　아울러 그림공부에 필요한 어학도 열심히 습득하여 프랑스어, 독
일어, 영어가 소통되고 남편 따라 만주에서 근무한 덕분에 중국어와
본래 잘 하는 일본어가 모두 능통하여 국제적으로 감각있는 엘리트

선죽교(1933년 작)

화가로 성장하였다.

파리는 새로운 예술적 세계로 인도해 주고 색다른 사랑을 경험케 해 준 곳이기도 하지만 나혜석 개인으로는 인생의 분수령이 되는 계기가 되고 말았다. 자유로운 영혼의 예술가가 최린이라는 한 남자를 본 순간 불타는 사랑에 빠져 버렸고 이것이 이혼의 빌미가 되어 결국 결혼 청산의 아픔을 겪었다.

전통적 굴레 속에서 아내와 어머니로서, 굴레 밖에서 자유연애와 예술가로서 넘나들던 그가 치러야 했던 대가는 너무도 혹독했다.

1920년대에 걸쳐 그림과 문학분야에서 최고의 기량을 발휘했던 나혜석은 1930년 이후 이혼이란 딱지 하나에 예전의 명성을 일시에 잃게 되었다.

당시 대단한 관심을 일으켰던 '이혼고백장'을 발표하고 재기를 위해 피나는 노력을 기울였으나 돌아온 것은 냉소와 질시뿐이었다. 그가 유부녀로서 외도를 했다는 점과 자유연애를 주장한다는 점 등이 당시의 정서로는 용납이 되지 않았던 것이다. 심지어 우군이었던 매일신보에서도 그의 작품을 불미스럽다고 인신공격할 정도로 여론이 악화되어 갔다.

여성차별에 대한 반발 그리고 좌절

그러나 나혜석은 반발하며 항변하였다. 그는 정조란 도덕도 법률도 아니며 오직 취미일 뿐이라며 여자에게만 순결을 강요해서는 안 된다고 주장했다. 여자를 모성애를 핑계로 육아의 도구로 생각해서도 안 된다고 하면서 모성애 역시 학습된 결과물이며 자식은 모체의 살점을 떼어가는 악마라고 도를 넘는 주장을 쏟아내었다.

이에 대해 사회적인 분위기는 냉담하였다. 특히 유림과 보수층은 건전사회에 타락과 탈선을 부추기는 요녀로 취급하였고, 조선총독부에서도 가정 밖에서 자기주장이 강한 신여성은 사회를 오염시킬 염려가 있다고 보고 퇴폐와 몰락의 상징으로 매도하였다.

현모양처가 여성의 모범으로 굳어버린 시대에 이혼과 모성애, 가부장제에 대한 비판 등 사회관습에 도전한 나혜석의 외로운 싸움은 지속되었다. 가족과 친구, 주변인들이 모두가 떠나는데도 그의 주장은 그치지 않았다. 급기야 그의 미술 애호가들도 외면하면서 1930년대 말 대대적인 소품전시회를 열었으나 관심을 끌지 못하고 실패하고 말았다.

국내의 차가운 냉대 속에서 오히려 해외의 애호가들이 관심을 보여 미국과 프랑스, 영국을 비롯하여 중국에서도 조선에 새로운 화가가 나타났다고 그의 작품을 보러 입국하는 사람이 많았다고 한다.

미술가로서 실력은 국제적으로 알려졌지만 정작 국내외적으로는 멀어져가는 현실이었다. 어려운 주변 환경 속에서도 이를 극복하고자 그는 그림공부 외에도 학원 등에 출강하는 한편 전국에 순회 강연활동을 다니면서 여성해방의 당위성을 계몽하였다.

남녀는 평등하다는 점, 여성이 스스로 자립해야 되는 점, 여성도 남성 못지않게 중노동을 할 수 있다는 점 등에서 근본적으로 남녀노동의 차별을 두어서는 안 된다고 설파하였다.

여성 스스로 자존감을 높이는 삶을 역설했지만 남성들의 비난보다 오히려 여성들의 비난이 더 거세었다는 사실에서 나혜석은 엄청난 회의감이 들었다고 한다. 특히 오빠 나경석이 몇 년간 자숙하고 그림으로 다시 세상에 나오자고 권유하였으나 이를 거절하고 자기의 과오는 없으니 결코 자기의 주장을 멈추지 않을 것이라고 하였다고 전한다.

이에 나경석은 언제나 나혜석의 후원자로 그의 편이었지만 혈육으로서 마지막 부탁을 단호히 거절당하자 다시는 돌아보지 않았다고 한다.

1940년대에 들어 나혜석은 경제적으로 궁핍하고 쓸쓸한 생활을

하면서 서서히 병들어 갔다. 자식들이 보고 싶어도 전남편 김우영이 경찰을 시켜 막았다고 한다. 큰딸 김나열은 개성의 한 여학교의 교사로 있어 몇 번 만났으나 아들들은 장성하고는 만나지를 못했다고 한다.

말년에 작품활동을 계속하려 했으나 파킨슨병과 관절염, 우울증이 악화되어 뜻을 이루지 못하고 1948년 말 서울의 시립자제원 무연

고 병동에서 한 많은 일생을 마감하였다.

그는 불세출의 화가, 시와 소설, 평론을 쓴 문인으로 그리고 여성운동가로 폭넓은 삶을 살았다. 특히 '조선독립'에서부터 '선전, 비평'에 이르기까지 특유의 날카로운 안목과 필력으로 그의 문장은 일세를 풍미했다.

그는 '자화상', '스페인 풍경', '누드'화 등의 그림을 남긴 화가였고, '경희', '정순' 등의 소설을 남긴 소설가였다. 그리고 3.1운동을 지원한 민족주의자로 옥고를 치른 독립운동가인 나혜석은 불륜이란 한 단어에 막혀 완전히 평가절하되었다.

나혜석의 재평가

1970년대 초 미술평론가 이구열이 '나혜석 평전'을 출간하면서 새로운 평가의 단초가 시작되었다. 1980년대에 들어 시대에 앞선 선각자 또는 희생자라는 시각이 나타났으며, 1980년대 후반 우선 문필가로서 재탄생되었다. 도덕적 가치관을 저버린 불륜의 여인이 아니라 남성지배에 당차게 도전한 선각자로 다시 태어난 것이다.

1990년대 이후 나혜석에 대한 재조명이 활발하게 이루어지면서 그의 진보적 여성관, 신여성으로서의 행적 등에 대한 다양한 의미부여가 시도되었고 페미니스트 화가, 자유주의자와 인권운동가로 자리매김하였다.

2008년 고액권 화폐의 도안 인물로 신사임당과 함께 거론될 정도로 나혜석은 완전히 새롭게 복권되었는데 이는 우리 집 박 권사가 바라던 바이다.

우리 집 박 권사의 말에 의하면 나혜석 선배의 과도한 주장과 행동에 모두 동의하는 것이 아니지만 한 여성에게 상대적으로 큰 피해를 주고 승승장구한 최린과 김우영에 대한 평가가 너무 관대하다는 것이다.

사회적 파문이 일어난 이후에도 두 사람의 사회적 위상에는 조금도 변화가 없었다.

최린은 충추원 참의, 매일신보 사장, 조선임전보국단 단장 등으로 친일에 앞장서 부귀영화를 누렸고, 김우영도 도청사무관, 충추원 참의 등으로 영전을 거듭했다. 부정한 여자라는 낙인이 깊게 찍힌 나혜석만 재기불능 상태로 내몰았던 것이다.

솔직하게 말하면 친일호색가들이 민족주의 독립운동가인 여자를 잘 이용한 후 나락으로 밀어버리고 어떤 보상도 없었던 사건 아닌가? 거기에 깨지 못한 한국인들이 일방적으로 동조했다면 이것이 "공평하고 정당한 일인가?" 묻고 싶다.

02
성경의 에스더는 롤모델

에스더는 모든 사람이 좋아하는 여인이다. 잘 생긴 미모에다 좋은 인성을 가지고 왕비가 되었다. 이스라엘 민족이 어려울 때 기지와 용기로 위기에서 구해낸 여인, 애국자로 추앙받는 여인이다. 그래서 사람들에게서 존경받고 하나님에게서 사랑받는 귀한 인물, 에스더가 구약성경 39권중 욥기 앞에 한 권을 차지하고 있다.

여자라면 에스더 같은 사람이 되고 싶어 에스더라는 이름을 가진 사람이 우리나라에도 많다. 그것은 여자로서 갖추고 싶은 덕목은 모두 구비하고 있기 때문이 아닐까 생각한다. 크리스천이라면 에스더를 모르는 사람은 없을 것이나 특히 우리 집 박 권사가 에스더를 좋아하는 이유는 국가관과 민족관이 목숨과도 바꿀 만한 정도로 확고한 신념의 소유자이기 때문이라 한다. 이제 에스더에 대해 살펴보면 그 여인을 사랑하는 이유를 알게 될 것이다.

에스더는 페르시아의 아하수에로(크세르크세스 1세)왕 지배하에 있던 기원전 485년경 활동했던 인물이다. 바벨론 포로로 잡혀갔던 유다 백성들은 고레스왕의 특명으로 대부분 본국으로 귀환했지만 일부는 그 나라 여러 지역에 흩어져 살고 있었다.

에스더도 그 중 한 사람으로 일찍이 아버지를 여의고 사촌오빠인 모르드개 밑에서 양육받으며 살게 되었다. 어릴 적부터 출중한 미모와 재주와 인성이 남다르다는 것을 잘 알고 있는 모르드개가 에스더를 공들여 키웠다. 당시 모르드개는 아하수에로의 왕궁에서 일하고 있었기에 그 나라, 페르시아의 정치 흐름을 잘 파악하고 있었다.

드디어 수산궁에 변고가 일어났다. 수산은 페르시아 왕이 거처하는 왕궁이 있는 도시이다. 사건의 발단은 왕의 명을 어긴 왕비 와스디가 폐위되고 새로운 왕비를 찾는 일이 일어났다. 왕은 와스디처럼 아름다우면서도 건방지지 않은 여인, 그리고 상냥하고 영리한 왕비감을 물색하라는 지시였다.

인도에서 에티오피아까지 127개 광대한 지역에서 많은 미인들이 뽑혀왔다. 윤곽이 뚜렷하고 눈이 시원스런 인도 미녀, 청초하면서도 아름다운 레바논 여인, 고귀한 분위기의 에티오피아 여인, 재기넘치는 아라비아 여인 등 눈부실 정도의 여인들이 천거되어 궁으로 모였다.

이렇게 모인 왕비 후보들은 1년 동안 정결교육과 예절교육 등을 마친 후 최고로 예쁜 모습으로 왕을 만나게 되었다. 이 때 왕비 후보를 돌보는 환관들은 왕의 환심을 살 수 있도록 전적으로 도와주게 되는데 이것을 기회로 향료, 옷, 장식품 등 무리한 요구를 하는 경우가 많았다고 한다.

그러나 에스더는 모든 면에서 달랐다. 아마 모르드개의 철저한 교육을 받으면서 자랐기 때문으로 보인다. 독신인 모르드개는 숙부의 외동딸 에스더를 제자식처럼 정들여 키웠다. 정성과 사랑을 다하여 율법을 가르치고 유다 백성의 역사와 교양을 깨우쳐 주었다. 옷감도 장식품도 아끼지 않고 제일 좋은 것으로 치장하며 키웠기에 처녀가 되었을 때는 수산궁 주변 도시에 에스더만큼 예쁜 처녀는 없었다. 그러기에 자연스럽게 수산 관아의 최고 미녀로 천거하게 되었고, 다른 후보들과 다르게 교양있는 처신을 하게 되었다.

에스더는 모르드개로부터 유대민족과 혈통을 드러내지 않도록 교육받았다. 절대로 유대인이라고 해서는 안 된다. 오로지 수산인으로만 행동하라는 당부를 수없이 듣고 궁으로 들어왔다. 당시 왕궁에 근무하고 있는 모르드개는 에스더 거처의 정원에서 매일 동태를 살피는 것을 일과로 삼을 지경이었다. 그리고 왕비 후보들의 담당 환관들에게도 교제를 게을리하지 않았다.

이제 왕을 만날 날이 다가왔고 수산궁은 설레이기 시작하였다. 왕과 하룻밤을 지내고 나면 집으로 돌아가는 여인과 궁에 머무르는 여인으로 나누어지는데 벌써 10명의 여인이 모두 집으로 돌아가고 에스더의 차례가 되었다.

환관들과 시녀들의 입에서는 점차 에스더의 미모와 인물됨이 회자되기 시작하였다. 열두 달 동안 에스더를 시중들었던 시녀들의 말이었다.

"에스더는 몸과 마음이 고결하기 그지없는 처녀예요. 그 분의 우아하면서도 상냥한 성품은 다른 사람들과 다른 데가 많습니다. 왕비가 되었으면 좋겠습니다."

왕을 만난 뒤 이튿날 아침 에스더는 집에 돌아가지 않고 왕의 침소에 머물러 있게 되었고, 이어 왕비 대관식의 칙령이 선포되었다. 많은 사람들의 바람대로 에스더는 왕비가 되었고 왕의 총애는 날이 갈수록 깊어졌다. 궁안의 모든 백성들이 왕비를 좋아했고 심지어 재상인 하만조차도 왕비에게 호감을 보였던 것이다.

모르드개의 치밀한 계획으로 하만은 왕비인 에스더가 유다민족 혈통임을 모르고 있었다. 모르드개는 왕비 처소 주변을 남몰래 자연스럽게 순회하면서 기회가 닿을 때마다 시녀를 통해 왕비에게 선물을 보냈다. 선물 꾸러미 속에는 모르드개가 자신의 경험을 바탕으로 한 왕비의 절기에 따른 처신방법과 지침서, 배려해야 될 사황 등 숨겨진 문서가 들어있었다.

이즈음에 재상이 된 하만은 제국의 치안유지를 명분으로 암암리에 유다민족 말살정책을 서두르고 있었다. 그 배경에는 하만에 대해 고분고분하지 않고 무시하는 태도를 보이고 있는 모르드개에 대한 사적인 증오도 크게 작용하고 있었다. 그는 제비를 뽑아 유대인을 학살하기 좋은 날을 택하고 왕의 승낙을 받아낼 음모를 꾸미기 시작했다.

우선 왕을 설득하기 위해 고소장을 제출하였는데 내용은 "유대인은 국가내에 다른 국가를 세워 페르시아를 위험에 빠뜨릴 뿐만 아니라 왕의 권위에도 도전하기 때문에 그대로 두어서는 안 된다는 것"이며 유대 백성은 반드시 근절되어야 한다는 요지로 되어 있었다. 그리고 하만은 왕의 허가를 받기 위해 은 일만 달란트나 되는 막대한 금액을 왕에게 바쳤다.

왕은 기꺼이 승낙하고 포고문 작성을 허락하였다. 포고문 작성은 히브리력 니산월(3~4월) 13일 유월절 축제 전날이었고 포고문의 내용은 아주 간략했다. 아달월(십이월) 13일에 페르시아 전지역의 유대인들을 가차없이 죽이고 그들의 재산을 몰수하라는 것이다. 간단한 문장 속에는 너무도 엄청난 내용이 포함되어 있었다.

소식을 들은 모르드개는 옷을 찢고 베옷을 입고 재를 뒤집어쓰고 비통한 탄식을 하였다. 베옷을 입고서는 왕궁 문으로 들어가는 것이 금지되어 있었기 때문에 에스더는 내시를 보내 자초지종을 알아보았다. 엄청난 음모를 알게 되었지마는 에스더 역시 달리 손을 쓸 방법이 없었다.

최근에 들어 약 한달 정도 왕이 에스더를 부르지 않아 만날 수가 없었고, 그 뿐만 아니라 왕의 부름을 받지 않고 궁전 앞뜰로 왕을 만나러 가는 사람은 누구든지 왕이 금으로 된 홀을 내밀어주지 않으면 죽을 수밖에 없었기 때문이었다.

두려움에 주저하는 에스더에게 모르드개가 전했다.

"왕후께서는 궁궐에 계시다고 하여 모든 유다 사람이 겪는 재난을 피할 수 있다고 생각하십니까? 이런 때에 왕후께서 입을 다물고 계시면 유대 사람은 다른 곳에서라도 도움을 얻어서 마침내는 구원을 받고 살아날 것이지만 왕후와 왕후집안은 멸망할 것입니다. 왕후께서 이처럼 왕후의 자리에 오르신 것은 이런 일 때문인지 누가 압니까?"

이 말을 들은 에스더는 모르드개에게 다음과 같이 부탁하였다.

"어서 수산에 있는 유다 사람들을 한 곳에 모으시고 나를 위해 금식, 기도하게 하십시오. 사흘 동안은 먹지도 마시지도 말게 하십시오. 나와 내 시녀들도 그렇게 금식 기도하겠습니다. 그렇게 하고 난 다음에는 법을 어기더라도 내가 왕께 나아가겠습니다. 그러다가 죽이면 죽으렵니다."

모르드개는 즉시 수산에 있는 모든 유다 사람들을 모아 그들에게 전말을 들려주고 삼일 동안의 금식기도를 부탁하자 모두들 눈앞에 다가오는 죽음을 직시하고 전심전력으로 금식하며 기도하기 시작하였다.

사흘 밤 사흘 낮이 지난 뒤 에스더는 아름답게 꾸미고 정원을 지나 왕의 거실 문을 열었다. 앉아있던 왕은 안으로 들어오는 에스더의 아름답고 우아한 모습에 자신도 모르는 사이에 미소를 머금었다. 자기가 부르지도 않았는데 왕 앞으로 나아온 그녀의 행동에 놀라움을 금치 못하면서 황금 홀을 내밀었다.

왕은 말하였다.

"사랑하는 에스더! 무슨 일로 이렇게 달려왔는가? 이 왕국의 절반이라도 떼어달라고 하면 언제든지 떼어줄 수 있소."

에스더는 얼굴에 웃음을 가득 담아 왕이 내민 황금 홀을 자랑스럽게 만지면서 대답했다.

"폐하! 폐하께서 제게 내리신 거처로 왕림해 주소서. 한동안 오시지 않으셨나이다. 재상 하만과 함께 오늘 저녁 제가 마련한 잔치에 왕림해 주소서."

왕은 젊은이처럼 들뜬 얼굴로 대답했다.

"가고 말고. 물론 가야지. 하만에게는 내가 알리겠소."

그날 밤, 왕비전 발코니는 시원한 바람에 실려 꽃향기로 가득 찼고 풍악이 분위기를 한층 고조시켰다. 수많은 촛불을 밝혀 대낮 못지않게 밝았다.

왕과 왕비만의 흐뭇한 잔치에 혼자 초대된 하만은 더할 수 없이 만족한 표정을 짓고 있었다. 잔치가 무르익었을 무렵, 왕은 사랑이 담긴 그윽한 눈길로 에스더를 바라보면서 다시 물었다.

"에스더! 원하는 것이 무엇이요."

한껏 교태스런 목소리로 에스더가 대답했다.

"제가 원하는 것은 단 한 가지입니다. 전하께서 자주 저를 찾아주시는 겁니다. 내일 저녁 전하와 하만님을 또 한 번 모시고 싶습니다."

엷은 미소로 답했다. 하만은 너무도 흥감한 나머지 왕 앞인데도 불구하고 소리 높여 웃으며 아부했다.

그날 밤 잔치 자리에서 물러날 즈음, 하만은 궁궐 문 앞에서 모르드개와 마주쳤다. 모르드개는 여전히 재상 하만을 보고도 무릎을 꿇지 않았고 가벼운 예를 취할 뿐이었다. 하만은 끓어오르는 중오심을 누를 수 없었다. 그리고 혼자서 중얼거렸다.

"어떻게 해 줄까? 이 건방진 녀석! 그냥 놔두어도 열두 번째 달이 되면 유다 녀석들은 모두 죽게 되지만 그 죽음을 좀 더 앞당긴다고 문제될 것은 없지. 우선 교수대를 만들어 모르드개를 매어달 준비를 하자. 재상에 대한 무례와 페르시아 법을 어긴 자는 살려 둘 수가 없지."

하만은 결심하고 부하들을 불러 내일까지 교수대를 만들라고 명했다.

첫날 연회가 끝나고 난 뒤, 왕은 좀처럼 잠이 오지 않았다. 에스더의 아름다움과 오랜만에 침실에서의 즐거움이 잠을 쫓아 버린 것 같았다. 왕은 모처럼 페르시아 연대기를 가져와 시종으로 하여금 읽게 하였다.

그 중의 한 구절이 왕의 주의를 끌었다. 왕이 믿고 총애하던 두 환관이 왕을 배신하고 암살할 음모를 꾸몄다고 하는 것이 충격이었고, 이를 사전에 감지한 모르드개의 영리함과 충성스러움이 자기와 페르시아를 지켜 비극을 막았다는 사실을 새삼스럽게 느꼈다. 왕은 벌떡 일어나 한참동안 생각에 잠겼다가 시종에게 물었다.

"그 때 모르드개에게 내린 상이 무엇이었지?"

"전하, 아무 상도 내리지 않았습니다. 직계를 올려준 것 외에는 상을 내리신 것이 없사옵니다."

왕은 고개를 끄덕이었다.

이튿날 아침, 왕은 궁궐 바깥 정원에 나무 구축대를 만들고 있는 것을 보고 무어냐고 신하에게 물었다. 그 신하가 대답하려는 참에 하만이 들어왔다. 하만은 모르드개를 처형하기에 앞서 왕의 재가를

에스더에 건의하는 모르드개

받으러 온 것이었다. 그러나 하만을 본 왕이 먼저 말을 건넸다.

"잘 오셨소. 재상! 각별한 공로자에게 포상을 내리자면 어떻게 하는 것이 좋겠소?"

각별한 공로자라 하면 자신을 제외하고 그런 공로자가 없다고 하만은 생각했다. 최근에 좋은 일이 자꾸 일어나더니 이제 특별포상을 받게 되는구나, 하며 김칫국을 마시기 시작했다.

"폐하! 광장에 모든 신하와 백성을 집합시킨 다음 공로자를 세우고 폐하의 문장이 든 옷 한 벌과 궁궐 마장에서 골라낸 좋은 말 한 필을 하사하는 것이 좋을 듯합니다. 그리고 백성들이 환호하는 가운데 직접 하사하시는 것이 폐하에게 어울릴 것으로 사료됩니다."

"그렇다면 모르드개를 당장 이리로 불러 오도록 하오. 경의 말대로 유다 사람 모르드개를 포상하겠소."

뜻밖의 말에 하만은 기가 막혔다. 평소의 왕과는 전혀 달랐다. 무언가 깊이 생각하고 있는 사람처럼 보였다. 왕이 명한 대로 실천할 수밖에 도리가 없었다. 어차피 열두 번째 달이 오면 모두 죽어야 할 사람들이 아닌가.

이윽고 왕비 에스더가 두 번째 초대한 날 저녁, 왕은 하만을 거느리고 왕비전으로 갔다. 왕은 분명히 무슨 곡절이 있다고 생각하고, 잔치가 무르익자 왕은 사랑이 가득찬 목소리로 에스더에게 물었다.

"사랑하는 에스더! 그대의 소원은 무엇이요?"

"폐하! 저의 목숨을 살려주십시오. 사랑하는 사람들의 목숨을 돌려주십시오. 도살과 학살에서 사랑하는 나의 사람들을 구해 주소서."

왕은 깜짝 놀라면서 되물었다.

"왕비의 목숨을 노리고 있는 자가 도대체 누구란 말이요?"

"저기 저 사람!"

에스더는 자리에서 일어나 손을 들어 하만을 가리켰다.

"박해자, 도살자, 모략가 하만이 바로 나와 내 사랑하는 사람의 목숨을 노리고 있습니다."

하만은 이 뜻밖의 상황에 기가 막혀 머릿속이 하얗게 되어 아무 생각이 나지 않았다. 벌떡 일어난 왕이 정원에 나갔다가 정신을 수습하고 다시 안으로 들어왔을 때 하만은 몸을 부들부들 떨면서 왕비의 침상에 누워있었다. 에스더의 의연한 자세와 뜻밖의 공격 논리에 정신을 잃어버린 듯하였다. 하만의 흐트러진 모습이 왕의 분노에 불을 질렀다.

"네가 감히 왕비의 침상에 눕다니 폭행이라도 하겠다는 뜻인가?"

왕비 에스더는 왕 앞에 무릎을 꿇고 그 동안의 사정을 자세히 이야기했다. 왕은 그녀가 하는 이야기에 귀를 기울였고 자기를 속이면서 진행된 엄청난 음모를 파악하게 되었다. 왕비의 이야기가 끝났을 때도 아직도 정신이 돌아오지 않은 하만의 얼굴에 사형의 징표인 흑표가 씌워졌다.

결국 23미터 높이의 교수대에 매달린 자는 모르드개가 아니라 하만이었다. 하만의 호화저택은 몰수되어 왕비 에스더의 소유가 되었고 모르드개는 하만 대신에 재상에 임명, 황제의 인장 반지를 받았다. 유대인 에스더와 모르드개는 유대인 말살을 계획한 하만에 대해 역전 승리하는 대역사를 이루어 내었다.

이렇게 유대민족은 위기에서 구출됨으로써 자유롭게 페르시아 국민으로 자리잡게 되었으며, 유대인의 위상을 크게 향상시키는 계기가 되었다. 한 여성의 기지와 노력 그리고 기도가 얼마나 중요한 지를 에스더의 영웅적 활동에서 증명되었던 것이다.

이 날을 기념하기 위해 이스라엘 사람들은 부림(purim)절을 만들어 대대적인 축제를 거행했다. 이스라엘 젊은이들에게 애국심을 고취하고 결속력을 다지면서 이웃을 배려하는 정신을 함양하는 한편 민족적 긍지를 고양하기 위한 행사로 오랜 역사를 갖고 있다.

제 **6** 장

우리 고모와 내 동생

01
고모의 사찰 이야기

　내 부산 고모님(홍소심)은 독실한 불자이셨다. 학교는 다닌 적이 없지만 기억력이 비상하셔서 몇 년 지난 일이라도 수첩보다 정확하게 기억하셨다.

　그래서 불교의 원리는 잘 몰라도 불자로서 기본은 철저하셨다. 외아들인 고종사촌 형님이 해난사고로 일찍 죽게 되자 아들 하나를 입양해서 공들여 키우셨는데 고모부가 그 아이를 싫어해서 다시 입양

불보사찰 통도사

기관에 보낼려고 한달 동안 말미를 받아 걱정 속에 보낸 일이 있었다.

결정하는 날 고모님은 "부처님이 이런 아이를 키우라고 한다면 키워야지, 이 아이를 다른 곳에 보내면 안 되지 않나? 이것이 또한 나의 업보라면 기꺼이 순종해야 된다고 생각한다"고 결론내리고 계셨다.

고모님은 나를 아들처럼 아끼셨다. 고등학교 3년을 고모님 집에서 지냈고, 집안의 대소사며 중요한 가정사도 대부분 나와 같이 의논하고 결정하셨다. 내가 서울로 떠난 뒤에도 내가 쓰던 방을 1년씩이나 비워두었다고 하니 고모의 사랑이 어떠했는지 느껴진다.

바람기 많고 도박벽 있는 남편(고모부) 때문에 속상한 일도 많았을 텐데 내가 떠나고 아들마저 일찍 죽었을 때 어찌 살았을까? 얼마나 울었으면 좋지 않은 시력이 거의 가버려 더듬기 일쑤였다.

그런 내 고모가 나이 들어 할머니가 되면서 부처님께 더욱 귀의하게 되었다. 어느 방학 때인가 보다. 고모님께 인사하러 갔더니 양산 통도사를 다녀왔다고 하시면서 부처님에 대해 여러 가지 공부한 것과 영험 많은 3대 사찰 이야기를 하시는 것이었다.

그 사찰 얘기의 배경은 대강 이렇다. 부산 영도 고갈산 중턱에 작은 암자가 있었고, 주인 보살이 고모 친구분이시라 그 암자에서 내가 몇 개월간 경제학 공부를 열심히 하며 지낸 적이 있었다. 그 당시 암자의 젊은 지도스님이 나를 포함해서 고모 친구분 등 7~8명을 대상으로 전국 불교사찰에 대한 개요를 열강하여 흥미있게 들었는데 그 때 순례를 권했고, 고모는 차멀미가 심해 안 된다고 했던 기억이 난다.

  그 후 고모는 그 삼대 사찰에 얽힌 설화를 고모 특유의 기억력으로 잘 각색 정리한 것을 내게 얘기하였다. 세월이 지나고 모두 잊어버린 옛 이야기가 최근 방송의 방영으로 다시 되살아나서 고모를 회상하게 되었다.

사찰에서의 세 가지 보물

  불교에서는 귀하게 여기는 세 가지 보물이 있다고 한다. 불보(佛寶), 법보(法寶), 승보(僧寶)를 말한다.

  불보는 중생들을 가르치고 인도하는 석가모니를 말하고, 법보는 부처가 스스로 깨달은 진리를 중생을 위해 설명한 교법, 승보는 부

법보사찰 해인사

처의 교법을 배우고 수행하는 제자집단, 즉 사부대중으로 중생들에게는 진리의 길을 함께 가는 벗을 말한다.

각 사찰들도 이 보물들을 갖고자 노력하지마는 모두를 갖기가 어렵고 이 중 하나를 특화하는 것이 일반적이라 한다. 우리나라의 3대 사찰이라 함은 합천 해인사, 순천 송광사, 양산 통도사를 말한다.

구체적으로 해인사는 팔만대장경이 있어 법보사찰, 송광사는 16명의 국사를 배출해서 승보사찰, 통도사는 부처님의 진신사리를 모시고 있어 불보사찰이라고 한다.

우리나라를 대표하는 세 개의 사찰과 관련하여 옛날부터 민간에서 떠도는 이야기가 많았다. 우리 고모는 이 이야기를 나에게 들려준 것이다. 그 옛날 조선 후기에 전라도 순천, 경상도 합천, 양산에 공교롭게도 신심이 깊은 과부 할머니 세 분이 각각 살았다고 한다.

남편은 일찍 여의었지만 아들 며느리 손자와 함께 비교적 다복하게 지냈는데 인근 유명사찰에서 예불 드리는 것을 무척 좋아했다고 한다.

나이 80세 가까이인데도 너무 정정하고 건강이 좋아 100세까지 갈 것이라고 며느리들이 숙덕거리며 우스갯소리를 하곤 했다. 그런데 어느 날 낮잠을 자다가 갑자기 할머니 세 사람이 동시에 숨지게 되었다. 아무 소식도 징후도 없이 참으로 기이한 일이었다.

죽은 할머니 세 분은 저승사자의 안내에 따라 다른 사람들과 함께 줄을 서게 되었다. 이게 무슨 줄인가 궁금해서 옆 사람에게 물어 보았더니 염라대왕에게 재판받는 줄이라는 것이었다.

약간 긴장 속에서 기다리고 있는데 주변이 시끌시끌하더니 키가

승보사찰 송광사

크고 눈이 부리부리하고 어깨가 넓고 성질이 고약하게 생긴 사람이 두 손으로 나팔을 만들어 큰 소리로 외치고 있었다. 양산 통도사를 구경했거나 신자로 다닌 사람은 따로 줄을 서라는 것이었다. 사람들은 무슨 좋은 일이 있을까 해서 몰려들어 모두 그 절의 신도라고 거들먹거리고 있었다. 드세게 노는 사람들의 기세에 기가 죽은 할머니들은 한쪽 구석에 얌전하게 서 있었다.

염라대왕은 약간 피곤한 목소리로 "경전을 보면 소선생불(小善生佛)이라는 말이 있다. 조그마한 선행을 쌓아도 누구나 성불할 수 있다는 말이다. 심지어 장난삼아 조약돌로 불탑을 쌓아도 성불할 수 있다고 한다. 내가 알기로는 조선에는 유명한 절이 세 개 있는데 그 절 이름이 송광사, 해인사, 통도사라고 들었다. 이제 그대들이 저세상에서 이 절을 다녔다고 하니 극락으로 갈 표를 이미 구한 셈이다"

라고 말했다.

줄 서 있던 사람이 모두 함성을 질렀다.

송광사 가마솥과 비사리 구시

염라대왕은 사람들의 함성이 잦아들기를 기다렸다가 얼굴에 가득 미소를 지으며 말을 이었다.

"우선 송광사 불자에게 묻고 싶은 게 있으니 따로 줄을 서도록 해라."

구름같이 모여있던 사람들 가운데 십분의 일 정도가 따로 나서서 줄을 섰다. 염라대왕이 물었다.

"송광사에는 거대한 가마솥이 있다고 하는데 아는 사람 누가 있느냐?"

맨 앞줄부터 대답하라고 했다. 가본 적이 없는 사람이 태반인지라, 모두 얼굴만 붉히고 있었다. 염라대왕은 이 사람들을 모두 거짓 말쟁이라고 하면서 지옥으로 보내라고 명령했다. 몇몇 사람은 가본 적이 있는 듯했으나 우물쭈물 모두 엉터리들이라 지옥행이었다.

드디어 순천 할머니 차례가 되었다.

"살아 있을 때 한 번 본 적이 있습니다. 가마솥이 얼마나 큰지 동짓날 팥죽을 쑤는데 솥에다 큰 배를 띄워놓고 스님 몇 분이 죽을 젓고 있었습니다. 쉰네가 듣기로는 죽 한 솥으로 10만 명이 먹을 수 있다고 하였습니다."

염라대왕은 크게 기뻐하더니 다시 물었다.

"그렇다면 비사리(싸리나무) 구시(구유)를 본 적이 있느냐?"

순천 할머니가 "사월 초파일에도 보고 법회할 때도 보고 여러 번 보기는 했습니다만 비사리 구시의 길이 높이 넓이는 재어보지 않아서 잘 모르겠습니다."

염라대왕이 "정직한 사람이구나. 그대는 내 곁에서 조금 기다리도록 하라"고 말했다.

기록에 따르면 송광사의 비사리 구시는 1724년 남원 송동면 세전골에 있던 큰 싸리나무가 태풍으로 쓰러진 것을 가공하여 만든 것이라 한다. 싸리나무 구유는 나라에서 재를 모실 때 손님을 위해 밥을 저장했던 통인데 한꺼번에 약 4천명 분의 식사를 저장할 수 있는 분량, 쌀 7가마의 밥을 담을 수 있었다고 한다.

송광사의 비사리 구시

해인사 해우소와 팔만대장경

염라대왕이 자세를 고치며 근엄한 목소리로 지시하였다.

"해인사 불자들에게도 묻고 싶은 게 있으니 따로 줄을 서도록 하라."

이번에는 줄을 서는 사람이 확 줄었다. 염라대왕이 물었다.

"해인사 해우소(화장실)가 아주 깊다고 하던데 가 본 적이 있느냐?"

맨 앞줄부터 대답하라고 하였다. 몇 사람이 우물쭈물 대답했는데 모두 엉터리였다. 그 사람들도 모두 지옥으로 보내버렸다.

드디어 합천 할머니 차례가 되었다.

"스님들의 말에 의하면 이달 그믐에 '응' 하고 볼 일을 보고 나면 다음 달 그믐에 '퉁' 하고 떨어질 만큼 깊다고 하였습니다. 그런데 쇤네가 가서 볼일을 봤을 때는 그렇지 않았습니다."

"스님들이 거짓말을 했더냐?"

"그게 아니고 아침에 볼일을 봤는데 사흘 후 오후가 되니 해우소 바닥에 떨어지는 소리가 들렸습니다."

염라대왕이 스님들의 허풍을 듣고 웃었지만 할머니의 해인사 자랑도 제법이구나 생각하였다.

하나만 더 물어볼 테니 들은 대로 잘 말해 보라고 했다.

"듣자 하니 팔만대장경판이 그 모진 임진왜란과 정유재란 그리고 병자호란을 겪고도 불에 안 탔다고 하더라. 그렇게 무사한 이유가 무엇이라고 사람들은 말하던가?"

"이것은 쇤네가 직접 본 것이 아니고 건네 들은 이야기입니다. 서산대사께서 법주사에서 아침에 세수하시다가 공기 냄새가 달라 천리안을 들어 가야산 쪽을 바라보니 왜놈들이 해인사에 불을 질러 해인사 대장경판이 몽땅 타버릴 것 같았다고 합니다. 그래서 세수하시던 물을 해인사 쪽으로 높이 들고 쏟았더니 그 물이 해인사 쪽에서는 소나기가 되어 대장경 판각의 불을 껐다고 합니다."

염라대왕이 다시 물었다.

"그러면 병자호란 때에는 어떻게 불을 진압했느냐?"

합천 할머니는 다시 전해 들은 말이라고 하면서 "뙤놈(중국 사람)들이 쳐들어 왔을 때 진묵대사께서 마침 진관사에 계셨다고 합니다. 하루는 대사가 물을 찾으셔서 시자가 미지근한 쌀뜨물을 갖다 드렸더니 대사가 그 물을 받아 입에 머금고 동쪽을 향해 내어뿜었다고

해인사 해우소

합니다. 그 시각이 뙤놈들의 분탕질로 해인사에 불이 일어나기 시작할 때였다고 합니다. 그런데 한바탕 부연 소나기가 서쪽으로부터 쏟아져 내려 불이 꺼졌다고 합니다. 그 때가 바로 대사가 물을 뿜던 때라고 하니 참으로 신통한 일이라고 했습니다.”

염라대왕은 만족한 표정을 짓고 나서 “그대는 불심이 깊고 신실한 여인이구나. 내 옆에 조금 기다리도록 하라”고 했다.

통도사의 진신사리와 문고리

계속해서 염라대왕은 “다음으로 통도사 불자들에게 묻고자 하니 줄을 서도록 하라”고 하면서 질문했다.

“통도사 대웅전 불상이 좋다고 소문이 많던데 누가 가서 본 사람이 있느냐?”고 하자 늙수그레한 노인이 손을 번쩍 들더니 앞으로 나왔다.

“소인이 말씀 올리겠습니다. 통도사 대웅전 부처님은 나무로 만든 다음 겉에 금칠을 해서 완성한 부처님이십니다. 제가 보니 임금님같이 근엄한 얼굴을 하고 있었습니다.”

그러자 옆에 같이 서 있던 사람들이 모두 이구동성으로 그렇다고 말하는 것이었다. 염라대왕이 고개를 들어 누구 다른 의견이 없는가 하고 둘러보았다. 그러자 구석 한편에서 체구가 조그마한 늙은 보살이 나서서 말했다.

“쇤네가 알기로는 통도사 대웅전에는 불상이 없습니다. 일찍이 자장대사가 모셔온 석가모니 부처님의 진신사리가 봉안되어 있어서 대웅전 안에는 불상이 없고 앞에 큰 불단만이 있습니다."

염라대왕이 "보살의 말이 옳아요. 웬 거짓말쟁이가 이리 많은가?" 하면서 양산보살을 빼고는 모두 지옥으로 보내라고 명령을 내렸다. 염라대왕이 인자한 모습으로 양산보살을 쳐다보고 통도사에 대해 자랑할 것이 있으면 말해 보라고 했다.

"통도사는 아주 큰 절이라 승려들이 모여 공부하는 판도방이 어찌나 큰지 아랫목에서 윗목까지 가려면 말을 타고 3일은 달려야 한답니다. 우리 절에서는 매일 '판도방을 건너기' 축제를 하는데 일반 신도들은 걸어서 보통 보름정도 걸린답니다."

양산보살의 과장된 자랑에 염라대왕이 입을 다물지 못하고 "그리고 또?" 신이 난 보살은 작은 입을 오물거리며 "통도사 불이문(不二

통도사 불이문

門) 출입문에는 커다란 문고리가 있습니다. 그 문고리에 머리를 세 번 넣었다 빼면 묵은 업장이 다 소멸되고 소원이 이루어진다고 합니다"고 말하니, 보살은 불심이 깊은 청신녀라고 흐뭇해 하면서 옆에 조금 기다리라고 했다.

재판을 끝낸 염라대왕은 순천과 양산 그리고 합천보살에게 정직하고 불심이 깊은 사람이라고 칭찬하고 이승에서 더 오래 살다가 오라고 장수상까지 주었다고 한다.

이 할머니들의 이야기가 인근지역에 널리 퍼지게 되어 아무 생각없이 절에 다니던 불자들의 태도가 많이 달라졌다고 한다. 여기 양산보살은 선뜻 우리 고모 이야기인 듯한 생각이 들었다.

불이문에 얼마나 많이 매달려 머리를 조아렸는지 숱한 연등을 달고 기도드렸을지 모른다. 그래서 그런지 입양한 아들을 비롯한 기도의 반은 이루어진 것 같아 감사한 마음이다.

고마운 내 고모님!

살아생전에 바쁘다는 핑계로 자주 뵙지 못해 늘 송구했는데 마지막 수 개월간은 의사인 내 아들이 근무하는 병원에서 잘 치료받고 남은 생을 편히 마무리한 것 같아서 한편으로 고맙고 작은 위안이 되었다.

02

내 둘째 동생의 의리

　신의와 의리는 비슷한 의미의 단어로 서로 혼돈하여 쓰기도 한다. 동서고금을 통해서 신의와 의리는 인간관계에 중요한 덕목으로 되어 있다.

　우리나라에서도 신의나 의리가 충·효만큼이나 인간이 지녀야 할 기본소양으로 취급되어 왔다. 특히 친구 간의 신의, 형제간의 의리는 동화 속에 나오는 이야기도 많다. 가난한 시절에는 일가친척 간에 신의와 우애가 지금보다 끈끈했던 것 같다. 물질주의 중심으로 인간관계가 옮겨지면서 중요한 덕목이 점점 사라져가는 것이 아닌가 싶다.

　우리 집 형제들만 보더라도 그렇다. 이웃사람들이 칭찬하던 제법 괜찮은 사나이들인데 장가가고 나니 개념 없는 내자들 탓에 완전히 달라졌다. 몰락한 양반의 후예들이 어떻게 하든지 모두 힘 합쳐 좀 더 나은 패밀리를 만들어 보고자 하는 꿈은 사라지고 오직 내 혼자 잘 사는 길만을 모색하다 보니 신의와 우애는 헌신짝이 되고 말았다.

　그러나 내 형제들 중에 신의를 중요시하고 꿋꿋하게 지키는 사람은 둘째 동생(영표)이다. 집안의 대소사나 아이들의 문제를 비롯해서 인생사의 어려운 문제들도 서로 의논하고 격려하며 지내고 있다.

특히 건강 때문에 고통당하고 있던 아버지 일에 대해서 나는 하루도 마음 편한 날이 없었던 것을 이해하는 형제는 오로지 둘째 동생뿐이었다. 의협심이 강하고 옳다고 생각하면 양보없이 밀어붙이는 성격 때문에 고객과의 관계가 걱정되기도 했지만 오히려 솔직한 성격을 좋아하는 사람이 많아 사업도 잘하고 지금까지 소신껏 잘 살고 있다.

어린 시절에 어머니가 하던 말이 생각난다. 바다에서 물일을 해보면 제일 용감하고 남자다운 애가 셋째라고 했다.

위험하다고 생각되어도 책임이 주어지면 해치우는 용기가 가상하다는 얘기다. 태어나서 얼마 안 되어 대상포진(?)인가 원인 모를 병으로 심한 고생을 해서 거의 죽었다고 생각한 아이가 복부에 큰 상처를 남기고 살아났다.

그 후에도 몸이 작은 편이라서 콤플렉스가 있었던 것 같다. 그래서 고등학교 때 유도를 시작해서 제법 잘 하게 되었고 몸에 대한 자신도 생겼다. 언젠가 나에게 유도대학을 가서 운동을 계속하면 어떻겠냐고 물었던 일이 생각난다.

그 시절에는 운동해서는 먹고 살기가 어려웠기에 운동은 프로로 하지 말고 아마추어로 하자고 한 것은 잘된 일인지도 모르겠다. 운동만큼이나 형제애와 신의를 지키며 살고 있다.

문중 일이나 가족사에 대해 내가 하는 일을 잘 받쳐주고 있으니 든든하기도 하고 흐뭇하기도 하다.

의리란 무엇인가

　신의와 우애는 한 사람에 국한되는 것이 아니라 당사자뿐만 아니라 모든 관계자를 행복하게 한다고 한다. 미국의 유명한 경제신문인 월스트리트저널에서는 여러 연구기관의 연구결과를 토대로 오랜 기간 신의를 지키는 것에 대한 장점을 분석해서 보도한 적이 있다.

　애정 관계에서 장기간 신의를 지키는 것이 인생에 대한 만족도와 행복감을 증가시킬 뿐 아니라 건강에도 긍정적인 영향을 가져온다는 것이다.

　고령화연구센터(RAND)가 22년 동안 4천 명의 남성을 조사한 결과, 50대~70대 기혼 남성은 미혼이나 이혼 혹은 사별한 동년배에 비해 수명이 현저하게 길었다. 130명의 신혼부부를 조사한 결과 부부싸움의 대부분이 '의리 없음'에서 비롯되었다. 한 마디로 상대방을 믿을 수 없다는 것이 싸움의 원인이 되는 것이다. 신뢰가 돈독한 부부는 자신이 아닌 배우자의 행복을 극대화하는 데 집중하는 경향을 보였다.

　의리를 지키는 것은 경력 향상에도 도움이 된다고 한다. 한 직장에 오랫동안 머무르는 사람들은 금전적인 보상뿐 아니라 생산성 및 창의성 향상을 경험한다고 스탠퍼드 경영대학원 연구는 밝혔다.

　이직이 빈번한 실리콘밸리의 IT기업 5만 명의 연봉을 조사한 결과, 한 직장에서 최소 5년 머무른 직원의 평균 연봉 상승률은 1년에 8%인 반면에 이직을 자주한 경우는 5% 정도였다. 또한 한 회사에 오래 머무르는 직원은 그 회사에 온 지 얼마 안 된 직원에 비해 노동생산성과 창의성이 높았다고 분석했다.

미식 축구선수 역시 스카우트된 후 1년 동안은 성적이 향상되었지마는 장기적으로는 5년 이상 머무른 선수들이 더욱 뛰어난 성적을 나타내었다고 한다.

팀을 응원하는 팬의 경우에도 한 팀을 계속 응원하는 팬이 심리적으로 안정도가 훨씬 높다고 한다. 지난 1년 동안 다른 도시로 이사 간 400명 이상의 팬을 조사한 결과, 이사를 가더라도 고향팀을 계속 응원하는 경우가 대부분이었다고 한다. 그리고 이는 다른 도시로 이주하는 데 따른 불안을 완화하는 데 도움이 되었다고 설명했다.

관우 장군의 의리

의리와 신의를 얘기할 때 꼭 등장하는 인물이 '삼국지연의'에 있는 관우 장군(관운장)이다.

삼국지는 도원결의에서부터 시작되는 중국의 삼국시대 역사소설인데 어린 시절에 참으로 흥미진진하게 감동을 주었던 책이다.

삼국지에 등장하는 수많은 사람 중 사후에 신이 된 인물이 바로 관우이다. 그는 중국, 일본, 대만, 태국, 한국 등 아시아 여러 나라에서 사당이 세워지고 추앙받고 있다. 한 나라의 임금도, 수장도 아니고 자기 나라의 장수도 아닌 중국의 일개 무장인 관운장이 오랜 세월동안 다른 나라에서도 존경받는 이유는 바로 의리에서 찾을 수 있다.

관우는 유비, 장비와 같이 도원결의를 맺은 뒤 어떠한 상황에서도 그 의리를 저버리지 않았다. 형님 유비를 위해서 자신의 모든 것을 받쳐 싸웠으며 평생을 함께했다.

　　관우의 마지막은 참으로 처절하였다. 조조와 손권의 협공으로 위기에 직면하여 맥성이라는 지역에 후퇴하여 구원병을 기다리고 있었다. 그러나 적들의 공격이 너무 강하여 맥성에서 마지막까지 저항하였으나 결국 손권의 군대에 의해 포로로 잡히고 말았다. 손권은 관우를 정치적으로 이용하려고 온갖 방법으로 설득하고 회유하였다.

　　손권과 사돈을 맺은 다음 협력해서 조조를 치고 한나라를 부흥시키면 결국 대의를 이루는 것이 아니겠느냐고 여러 가지 유인책을 내어놓았지만 관우는 단호히 거절하였다.

"나는 해현 출신의 이름없는 무부(武夫)일 뿐으로 우리 주군이신 유비 형님께서 수족처럼 보살펴 주신 은혜를 입었소. 어찌 의를 버리고 적국으로 갈 수 있겠소. 만일 이 성이 함락된다면 오로지 죽을 뿐이요. 옛말에도 있지 않소. 옥을 부술 수는 있어도 그 색을 바꿀 수는 없고, 대나무는 태울 수 있어도 그 마디를 훼손할 수 없다고 하지 않았소. 비록 내 몸은 죽어도 이름은 역사에 길이 남으리니 그대는 여러 말하지 말고 어서 결단을 내리시오."

말을 끝낸 관우는 돌부처마냥 움직이지 않았다.

협상하던 손권이 "일세의 영웅을 죽이기는 아깝다. 무슨 방법이 없겠느냐?" 일찍이 조조도 실패하고 죽을 고비를 넘겼을 뿐인지라 다른 방법이 없다고 하니 결국 손권은 입술을 깨물며 관우의 참수를 명령했다.

이렇게 관우는 너무도 아쉬움을 남기고 역사의 무대에서 퇴장했지만 민중들의 마음에는 이상적인 인간상으로 자리잡게 되었다.

중국의 역대 제왕들은 관우의 신의와 충성심, 의리의 덕목을 널리 알리게 하여 백성들의 귀감으로 삼으려 했고, 이러한 작업은 민중들의 관우 숭배와 자연스럽게 결합되었다. 어떠한 유혹 앞에서도 변하지 않는 의리, 불의에 항거할 줄 아는 용기, 목숨을 걸더라도 은혜에 보답하는 마음, 위태로운 상황에서도 흔들리지 않는 기개를 가진 사람, 관우 같은 사람을 생각하면 기분이 좋아진다. 그런 사람이 옆에 있다고 하면 얼마나 든든하고 흐뭇할까.

이것이 관우 장군을 좋아하는 이유이다.

제 **7** 장

아들들에게 귀감이 될 인물 이야기

01
의사의 사표 장기려 박사

장기려 박사

나이든 부산 사람들 중에 장기려 박사를 모르는 사람은 거의 없고 그리고 나처럼 대부분이 그를 좋아한다. 장기려 박사는 부산 사람이 아니고 평안북도 용천군 신암리 두바위골 사람이다.

1911년 10월 장운섭 씨의 2남1녀 중 차남으로 태어나 송도고등학교를 졸업하고 경성의전에 들어갔다. 본래는 공학도가 되고 싶었으나 의학도가 되었는데 입학시험에 응시하면서 하나님께 간절히 기도했다고 한다. 의전에 합격시켜 주시면 평생동안 하나님의 뜻을 받들어 의술을 베풀겠노라고 다짐하며 서원기도를 드렸다고 한다.

이 대목에서는 나도 아들이 부산의대에 들어갈 때 부산대학교 정문을 붙들고 하나님이 사랑하고 사람들이 신뢰하는 의사를 만들어 달라고 기도한 적이 있다. 장기려는 인제대학 백병원을 설립한 백인제 박사의 사랑을 많이 받았다.

백인제 박사는 평안북도 정주 출신
이라 같은 평북 출신으로 자신의 후계
자로 장기려를 지목한 것으로 보인다.
장기려가 경성의전 외과 조수로 입문
하고 일본 나고야제국대학에서 의학박
사 학위를 취득하게 되자 조선인에게
주지 않는 대전도립병원 외과과장 자
리를 추천한 사람이 바로 한국의 유명

백인제 박사

한 외과의사 백인제 박사였다. 그러나 장기려는 일본인들과 일하고
싶지 않았기에 세브란스외과의 추천으로 평양연합기독병원 외과과
장으로 부임하게 되었다.

북한에서도 명의로 존경

　장기려의 의술이 북한내 지도층에 널리 알려지면서 1948년 북조
선 인민위원회로부터 북조선 의학박사 학위를 받았고 북한 고등교
육원내 최고과학기술평의회 성원(10인)으로 위촉되었다.
　특히 장기려는 김일성을 치료해 준 인연으로 모범 근로자로 선정
되어 포상도, 특별상도 많이 받게 되었다. 김일성이 맹장염으로 앓
아누운 적이 있었는데 급히 장기려를 찾았지만 연락이 안 돼서 소련
군의관의 집도로 수술하였는데 북한에서는 장기려가 수술했더라는
소문이 파다할 정도로 북에서의 명성과 지위가 높았다.

심지어 북한 공산주의 국가에서 부정하는 교회에 가서 예배하는 특권이 주어지기도 했다. 게다가 그가 월남한 일에 대해서도 북한에서는 그의 자발적 월남이 아니라 남측에 의해 납치된 것이라고 단정했고 그 덕분에 북한에 남아 있는 아내와 아들 딸, 2남3녀가 모두 무사하였으며 큰 아들은 아버지에 이어 북한에서 유명한 의사가 되었다고 한다.

1950년 6.25전쟁이 일어났다. 전쟁이 길어지고 부상자가 속출하는 상황에서 12월 국군 야전병원에서 부상병을 치료하던 장기려 박사는 가족과 같이 남쪽으로 피난가기로 했다. 양친과 부인, 자녀까지 열 명이 움직이는 것이 위험하여 먼저 장기려 박사가 떠나고 이후에 가족 모두가 따라오기로 되어 있었다고 한다. 차남 장가용이

아버지 짐을 들어주기 위해 함께 있다가 얼떨결에 동행하게 되었고 상황이 급해지면서 갑자기 가족과 이별하고 말았다.

장기려와 차남이 탄 버스가 평양을 지날 무렵 부인과 딸이 피난하는 행렬을 보았다고 하는데 응급환자를 실은 버스라 세울 수 없어 그냥 지나친 것이 부인의 마지막 모습이라고 안타까워했다. 그 후 남은 가족들은 피난을 포기하고 평양에 그대로 머물렀다고 한다.

이렇게 가슴 아픈 사연을 안고 1951년 부산으로 피난온 장기려 박사는 부산이 제2의 고향이 되어 남을 위해 희생하는 의사의 길을 가게 되었다. 그 해 10월부터, 전쟁통에 영양실조와 전염병에 시달리는 사람들을 위해 교회의 창고를 빌려 복음진료소란 이름으로 무료 진료를 시작하였다.

나무판자를 수술대로 만들어 진료하는 열악한 환경이었지마는 뛰어난 의사가 있다는 소문이 금방 퍼졌고, 장 박사 특유의 따뜻한 미소와 환자를 대하는 자세는 많은 사람들에게 알려지게 되었다.

이후 UN에서 지원해 준 대형천막 세 개를 각각 진료실, 수술실, 입원실로 꾸민 천막병원에서 장기려 박사는 무려 6년 동안 매일 100명이 넘는 환자를 수술하고 치료하였다.

한국의 슈바이처

이러한 장 박사의 활동에 감동하여 부산시민이 일어났다. 장기려 박사에 대한 고마운 마음과 신뢰를 담아 부산시민이 모금을 시작하여 1956년 10월 마침내 천막을 걷고 새 건물을 세워 현대식 대형병원인 지금의 고신대학교 복음병원을 신축하게 되었다.

이에 장 박사는 지역사회와 소외계층, 장애인들의 복지 증진을 위해 더욱 헌신하였다. 그는 복음병원 개설을 시작으로 청십자사회복지회, 장애인재활협회 등 각종 복지단체를 세워 의료복지사업, 장학사업, 탁아소운영 등을 추진하였다. 소외된 취약계층 사람들을 건전한 사회 일원이 되도록 도우며 그 사랑을 몸소 실천해 간 장기려 박사는 당시 선각자적인 복지사상의 전도사였기에 '한국의 슈바이처'로 불리게 되었다.

또한 그는 인술뿐만 아니라 의학자로서의 업적도 대단하였다. 한국인에게 발병률이 매우 높은 간암연구에 정진하여 1943년 우리나라에서 처음으로 간암절개수술에 성공했다. 특히 간연구에 심혈을 기울여 '간내 혈관 및 담관계의 형태학적 연구' 등 주옥 같은 논문들이 많은데 이는 한국의 의학발전뿐 아니라 간장외과학의 방향 정립에도 크게 기여하였다.

이러한 연구를 바탕으로 1959년 '간의 대량 절제수술'을 우리나라 최초로 성공하는 쾌거를 이루었다. 당시 열악한 수술기구와 진단기술의 한계에도 불구하고 그 수술에 성공했다는 것은 우리 의학계에 매우 큰 의미가 있었다. 1979년에는 지난 20년간 한국에서 실시된 190건의 대량절제 간수술 사례를 수집 분석하여 간암의 부위에 따라 수술법을 달리하는 방법을 개발 발표하였다.

장 박사의 이런 연구 및 수술 방법은 우리나라 간장외과 및 외과학의 역사에 길이 남을 기념비적 업적이라 평가하니 그의 발자취를 다시 돌아보게 되었다.

장기려 박사는 여러 의과대학
에 교수로 재직하며 의료인재
양성에도 힘쓴 교육자이기도
하였다.

1958년 부산대 의과대학 학장
겸 병원장을 지냈으며 부산복
음병원을 설립하여 원장을 역
임하였는데 이는 후에 고신대
의과대학 복음병원으로 발전하
였다.

또한 대한간학회의 전신인 '한국간연구회' 창립을 주도하여 초대
회장직을 맡아 간 연구분야의 학문적 발전에 선구자적 역할을 하였
다. 이런 활동은 이후 다른 의학분야에 파급되어 학회창립과 역할이
확대되는 등 의학계의 정보교환의 활성화와 유기체적인 협력관계
가 밀접하게 형성되는 데에도 기여하였다.

이에 정부와 학계는 1960년 보건의 날 공로상과 다음 해 대한의학
협회 학술상을 수여하여 그의 학문적 업적을 높이 평가하였다. 또한
1976년에는 국민훈장 동백장을, 1979년 막사이사이상(사회봉사부
문)을 비롯해 제1회 호암상과 국민훈장 무궁화장을 수상하였으며
1995년 인도주의 실천 의사상 등을 받았다.

그의 사후에는 그가 간 대량절제술을 성공한 10월 20일이 '간의
날'로 지정되었으며, 2006년 과학기술인 명예의 전당에 헌정되었

고, 2018년에 16인의 과학기술유공자 중 한 명으로 지정되는 등 대한민국 의학발전에 공헌한 그의 업적을 기념하였다.

의료보험제도 창안

장기려 박사는 서민들의 의료혜택을 받을 수 있는 의료제도 창설에도 고심하였다. 돈이 없어 치료를 받지 못하는 가난한 환자를 구제하기 위해 1968년 청십자의료보험조합을 만들었고, 이는 국내 최초의 의료보험조합이자 지금의 의료보험제도의 효시로 그의 탁월한 업적 중 하나이다. 이후 1975년에는 의료보험조합 직영의 청십자병원을 개설하였다.

장 박사는 깊은 신앙심을 바탕으로 65년간 인술을 베풀며 봉사, 박애, 무소유를 실천했다. 수술비가 없는 환자를 위해 자신의 월급으로 수술비를 대납해 주었고, 그것으로도 감당할 수 없는 경우에는 밤에 몰래 환자를 탈출시켰다고 한다. 그런 일화는 그의 박애주의적 면모를 잘 보여주는 것이라 하겠다. 그래서 그에게 '작은 예수'라는 닉네임이 붙기도 했다.

죽는 날까지 병원 옥탑방에서 지내며 환자를 돌보면서도 '나는 아직도 가진 게 많다'며 말한 장기려를 '바보의사'라고 하는 이유는 바로 여기에 있다.

평생을 북한에 있는 가족을 하루도 잊지 못하고 그리워하며 독신으로 살았다. 죽기 직전까지 아내가 배워준 노래를 불렀고 두고 온

자식들을 보고 싶어 했다.

이런 일화도 전해진다.

어느 날 장기려 박사가 뜻밖에 해외여행을 가고 싶다고 했다. 평소에 검소하게 지내던 장기려가 해외여행을 가고 싶어 하길래 궁금해 하는 사람이 많아 물었더니 동베를린에 가고 싶다고 했단다.

당시 동베를린은 사회주의 적성국인데 왜 가고 싶냐고 하니 내 아들 학용이가 지금 거기에 있다고 눈물을 흘렸다고 한다. 실제로 북에서 유명한 의사가 된 장남 장학용이 사회주의권의 의학학술대회에 참여하고 있다는 소식을 들은 것이다. 당장 가더라도 아들을 만나기는 불가능했겠지만 아들이 머물던 땅이라도 밟아보고 싶은 아버지의 마음을 단적으로 표현한 것이었다.

말년에 장기려 박사는 뇌경색으로 쓰러져 상반신이 마비되었을 때에도 가난한 사람들을 위해 무의촌을 직접 찾아가 진료해 주며 자신의 모든 것을 바쳐 타인을 위해 봉사하였다.

그는 세상을 떠나는 날까지 집 한 채 소유하지 않고 청빈한 삶을 살았다. 20평에 불과한 고신대 옥탑방에서 지내면서도 "죽어서도 물레 밖에 안 남겼다는 간디에 비하면 나는 아직도 가진 것이 너무 많다"고 말한 장기려는 1995년 12월 25일 성탄절에 향년 85세의 나이로 세상을 떠났다.

평생에 걸쳐 나눔과 봉사를 실천한 성산 장기려 박사, 국내 외과학을 개척한 의료인이자 국민건강보험의 기틀을 닦은 의료행정가였지만 오늘날 그의 생애를 되새겨야 할 이유는 따로 있다.

우리 아들과 동년배 되는 그의 3대째 손자 의사 장여구 교수는 할아버지의 정신이 지금 우리 사회에 꼭 필요하다며 "나보다 남을 먼저 생각하고, 가난한 사람을 더 배려하는 '장기려 정신'이 널리 퍼지길 바란다"고 피력하면서 할아버지 정신을 이어가겠다고 다짐했다.

오제도 검사와 거물 홍민표

장기려 박사는 크리스천 의사로 하나님의 의를 실천한 사람으로 오래 전부터 내가 존경하였지마는 아들이 의사가 되면서 큰 스승으로 귀감이 되기를 바라는 마음이었다.

오제도 변호사는 작은 아들이 변호사가 되었기에 변호사의 본보기로 한 번 생각해 보게 되었다.

특히 오제도 변호사는 영락교회의 한경직 목사 밑에서 신앙생활을 한 사람이고 유명한 공안검사로서 남양홍씨 일가인 홍민표와 관계가 있어 관심을 갖고 있었다.

해방 이후 혼란기에 좌우의 사상논쟁이 첨예화하였는데 항일 독립운동가의 성향도 60~70%가 공산 사회주의를 선호하고 한때 국민의 70%가 사회주의체제로의 건국을 지지하던 시대도 있었다. 자칫했으면 우리나라가 공산사회주의가 될 뻔했다.

이러한 시대조류에 편승하는 사람도 많아 6.25 한국전쟁 전후에 좌우사상의 다툼 때문에 많은 사람이 억울하게 희생되는 사태가 빚어지게 되었다. 어쩔 수 없는 상황이었지만 나의 일가친척 중에 일부도 끔찍하게 어려웠던 시절을 겪어야만 했다.

내 아버지도 당시의 아버지 연배친척들의 불행했던 일들을 안타깝게 그리고 속상하게 생각하면서 언젠가 나에게 두 가지를 말씀하셨다. 힘없는 민초들은 힘을 키우면서 저항의지를 가져야 하는데 무모한 저항운동은 실패하기 쉽다는 것이다.

아무 대책없이 남로당 이론에 현혹되어 가담하거나 행동한 것을 비판한 것으로 이해되었다. 다음 하나는 먼 일가인 홍민표라는 남로당계 지도자가 사상전향한 것을 잘 분석해서 과감하게 전향해야 하는데 자기노선을 고수하거나 정보부족으로 판단을 잘못했다는 것이다.

이에 대해 아버지의 자세한 설명은 없었으나 이미 육군사관학교를 가겠다고 결심한 나에게 남해 남양홍씨의 역사의 단면을 알려준 것으로 생각되었다.

그때는 잘 몰랐는데 나중에 여러 자료를 종합해 보니 남해 남양홍씨네와도 알고 있던 것으로 추정되는 종씨 홍민표는 공산주의 이론가이며 남로당계 중심인물로 박헌영의 충실한 부하였다는 사실이다. 1940년대 말 건국 초기에 오제도라는 반공검사와 홍민표 남로당 서울시당 위원장 이야기는 한 때 한국사회를 깜짝 놀라게 한 사건이었다.

남로당 총책임자 박헌영은 대규모 위폐사건으로 남한에서 체포될 위기에 처하자 평양으로 도망갔다. 거기에 머물면서 자기를 대신하여 남한에서 남로당 잔당을 지휘하고 있는 김삼용에게 서울시당 위원장 홍민표로 하여금 1949년 4월에 총궐기하라는 지령을 내렸다.

이에 따라 김삼용은 홍민표에게 당시로는 엄청난 액수인 현금 2천만원을 주면서 서울시당 당원 6만 명을 동원하여 서울을 불바다로 만들라고 지시하였다. 그러나 폭동계획이 여의치 않아 계속 지연되다가 6천여 개의 수류탄이 경찰에 발각 압수당하고 폭동계획 또한 탄로나게 되었다.

오제도 검사와 홍민표의 만남

상황이 이렇게 되자 김삼용은 홍민표에게 평양의 소환장을 주면서 빨리 평양에 가서 경위를 설명하라고 종용하였다. 홍민표는 평양으로 소환되면 죽음의 길이라는 것을 너무나 잘 알고 있었다. 그래서 홍민표는 일부러 '나를 잡아가시오' 라고 시위하는 것처럼 서울시경을 활보하고 다니다 경찰에 붙잡혔다.

담당검사는 역시 유명한 오제도 검사였다. 오제도 검찰부장은 1차 조사를 끝내고 저녁을 사 줄 테니 나가자고 하였다. 실로 아찔한 파격이었다. 검사가 간도 크게 남로당 서울시당 위원장이라는 테러전문가 거물 공산주의자를 밖으로 데리고 나가 식사를 함께한다는 것은 대단히 위험한 일이 아닐 수 없었다.

홍민표는 말했다.

"나는 서울의 고급식당은 다 둘러봤고 맛있는 음식은 다 먹어봤습니다. 지금 나는 집밥이 먹고 싶습니다" 라고 간청하는 것이었다.

그래서 오제도 검사는 그 자리에서 집에 있는 부인에게 손님 한 분 모시고 갈 테니 저녁준비해 달라고 전화하였다. 오제도 검사는 홍민표와 함께 차를 타고 집으로 갔다. 오제도 검사 집에 도착한 홍민표는 부인의 검소한 복장과 수수한 집안 분위기에 다소 놀랐으며 오제도 검사가 쓰는 책장이나 옷장 같은 것이 너무 소박하여 감동했다고 한다.

조금 후에 부인이 저녁상을 들고 들어 왔는데 먹을 만한 김치찌개 하나와 김치, 콩나물 서너 가지 반찬이 전부였다. 오제도는 홍민표 보기가 민망했던지 "여보! 생선이라도 한 마리 굽지 그러잖고?" 불평했더니 그 부인이 "아! 당신 봉급에 맞춰 사니 그것 밖에 안 돼 죄송해요"라고 했다.

홍민표는 생각하기를 감찰부장 정도이면 상당히 고급주택에 살면

서 최소한 쇠고기국은 먹고 잘 사는 줄 알았는데 그게 아니었던 것이었다. 마음속으로 깜짝 놀랐다고 한다. 자기가 겪어온 지도자급 공산주의 간부들은 사는 집도 최고급이요, 먹는 것도 최상급이었는데 말이다.

말은 노동자 농민을 위해 혁명을 해야 한다고 하면서도 그 행동은 정반대로 하고 있으니 홍

민표는 때때로 환멸을 느꼈다고 한다. 그래서 남한에서 유명하다고 하는 오제도 검사 집을 구경하고 싶었다는 것이다.

남로당 거물 홍민표의 전향

여기서 홍민표는 전향할 것을 결심했다고 한다. 그리고 오제도 검사에게 "며칠 후에 서울시경 회의실에 자리를 잡아주시면 서울시당 간부들을 소집 설득하여 전향서를 쓰겠다"라고 하였다.

이렇게 하여 16명의 남로당 시당 간부들이 모두 전향서를 쓰고 전향하였으며 1949년 11월 말까지 전국적으로 33만 명의 남로당 당원들이 전향하는 성과를 거두었다.

홍민표의 이러한 통 큰 결단으로 남한의 공산주의 활동은 많이 약화되었고 폭동과 사회혼란의 마수에서 나라를 구해내는 데 크게 도움이 되었다. 아찔한 순간에 나라를 구하는 일대 사건이 전개되었다. 특히 6.25남침과 동시에 전국에서 남조선 빨치산이 남한 전역에서 폭동을 일으킬 것이라는 박헌영의 큰소리가 황당무계하게 되었을 뿐만 아니라 김일성의 남침전략에 큰 차질을 빚게 되었다.

반공검사로 전설과 같은 존재였던 오제도는 1917년 11월 평안북도 안주에서 태어나 일본 와세다 대학에서 법학을 전공 졸업했다. 1946년 판검사 특별임용시험에 합격 검사가 되어 15년 동안 우리나라 건국을 전후한 격변기에 종북 간첩활동을 수사하는 데 탁월한 능력을 발휘한 사람이다.

남로당의 김삼용과 이주하를 체포하였고 국회프락치 사건, 여간첩 김수임 사건, 조봉암의 진보당 사건 등 그 시기의 대표적 공안사건을 담당하여 반공검사로 이름을 떨쳤다.

이 사건들은 영화나 드라마로 만들어져 인기를 누렸으며, 특히 오제도역에 최무룡, 이순재, 박근형 등 쟁쟁한 배우들이 열연하여 팬들의 사랑을 받았다.

1960년에 들어와 검사를 그만 두고 변호사를 개업하여 오제도 변호사가 되었다. 변호사가 된 이후에도 반공의식을 고취하는 데 힘썼는데 1966년에는 신의주 학생의거 기념회를 창설하고 다음해 북한연구소를 설립 초대 이사장에 취임하였다. 그리고 안보교육협의회의 설립 등 30여 개의 반공단체에 참여, 활동하였다.

1977년 이후 두 번에 걸쳐 국회의원이 되어 자유민주의 시장경제를 확고히 하는 국가 정체성 확립에 기여하였다.

오제도 변호사와 황장엽의 의형제

특이한 것은 1998년에는 북한에서 망명온 황장엽 북한노동당 전비서와 의형제를 맺어 모두를 놀라게 했다. 황장엽은 사회주의 체제의 선봉에 서서 주체사상을 확립한 이론가로서 김일성의 오른팔 역할을 담당한 사람이었다.

1923년생이니까 오 변호사의 5년 연하라서 황장엽이 형님으로 불렀다고 한다. 이들은 짧은 기간이었지마는 매우 허심탄회한 이야기

나의 뿌리와 울타리 _

222

를 나누며 지냈다고 한다.

두 사람이 모두 고향이 북한
인 데다가 공산주의 이론에 해
박하여 만나면 시간가는 줄 몰
랐다고 하며 다 같이 1등급 훈
장인 국민훈장 무궁화장을 받
았고 대전국립묘지에 나란히
안장되는 인연을 가졌다.

나도 1980년대 중반에 오제
도 변호사를 잠깐 만난 적이
있지만 오랜 검사생활에 성격

이 많이 날카로울 줄 알았는데 의외로 온화하고 따뜻함을 느꼈다.
항상 간첩의 암살위험에 시달렸기 때문에 모르는 사람에 대해 경계
하는 것이 습관화되어 있어 때때로 오해를 많이 받지만 인간다움과
자애로움이 그 분의 기본적 심성이라는 오랜 비서의 설명을 들으니
이해가 되었다.

우리 집 아들 변호사한테도 항상 온유함과 자애로움을 마음에 지
니라고 강조하고 네 주위 사람이 너의 자산이라는 생각을 잊지 말라
고 일러 주고 있다. 내가 오제도 변호사를 관심있게 본 것은 바로 잠
깐 만난 그분의 자애로움과 인간다움이 아닌가 싶다.

내가 본 판검사 그리고 변호사 같은 법조인들은 상대방을 배려하
는 마음이 부족하지 않은가 하는 의구심이 들어서다. 지금 정치인들
중 법조인 출신들을 보면서 더욱 그렇다.

　지금까지 나의 뿌리와 나를 감싸 준 나의 울타리, 즉 나의 가족 이
야기를 엮어 보았다. 참으로 보잘것이 없는 이야기들을 나열했지만
나에겐 귀한 것들이다. 지극히 평범하고 상식적인 이야기를 써서 무
얼 하겠다고, 무슨 교훈이 된다고 말할는지 모르지만 나의 80평생이
녹아 있다고 생각해서 우선 우리 아이들에게 남기고자 한다. 다음은
내 친구들이 읽어줄까? 시시한 이야기를 쓰느라고 고생은 했다. 그
런 말이라도 해 줄는지 모르겠다.

　쓰다 말다 망설이다 5년이나 걸렸다. 좀 더 지나면 깡그리 잊어버
릴 것 같은 이야기를 더듬어 가면서 찾아가는 기쁨도 있었지만 내
인생을 정리해 보면서 잘못된 것, 후회되는 것이 수두룩하여 너무도
부끄러웠다.

　미안하지만 우리 집안사람(일가친척)들이 양반의 후예, 몰락한 양
반에 대한 긍지가 대단했지만 나는 항상 비판적 시각이었다. 너무
고지식하고 변화에 둔감할 뿐 아니라 변화를 두려워하는 습성이 있
다고 보았기 때문이다. 그리고 유교적 사고가 진취적이고도 창의적
이지 못할 뿐 아니라 사농공상이라는 양반의 지배이념이 남아 있어
부정적인 생각이 들었다. 그러나 지나고 보니 이 모든 것이 선조들

에 대한 원망이 아니라 바람이었고 충효에 대한 절개와 사랑이 남달 랐음을 자랑으로 생각하고 항상 존경과 경외심을 간직하고 있다. 결 국 한 뿌리의 가지라는 것을 숨길 수 없고 내면에는 줄기의 기질이 그대로 흐르고 있음을 깨닫게 되었다.

항상 마음속에 포근함을 감싸게 하는 내 고향 남해에 대해서도 자 랑이 가득함을 숨길 수 없다. 특유의 결속력과 단결력이 강하고 근 면 성실한 섬사람 기질이 그대로 간직되어 있는 곳이다. 다랭이 마 을은 농촌생활의 농지개척에 대표적인 상징물이며, 한때 중앙공무 원 숫자가 전국 3대 군 중에 하나였다고 하니 노력하는 집단의 단면 을 엿볼 수 있지 않을까 짐작된다.

개인적으로는 중학교 때 나폴레옹전에 심취되어 그가 태어난 콜 르시카와 내 고향 남해를 비교해 보기도 하고 나라를 위해 위대한 인물이 태어났으면 하는 바람과 함께 나폴레옹의 출신학교인 육군 사관학교란 점이 매력있게 각인되기도 하였다.

우리 가족을 만들어 주신 조부모 그리고 부모님이 참으로 고마운 분이라고 항상 감사드린다. 자기 부모를 그렇게 생각하는 것은 당연 하다고 하겠지마는 우리 조부모와 부모가 건강한 모습으로 우리가 장성할 때까지 건재해 주셨고 손색없이 키워주셨다는 점이다. 무엇 보다 어려운 가운데서도 무리해 가면서도 자식들을 모두 능력에 맞 추어 교육에 전념해 주신 것은 동네에서도 우리 집이 독보적이었다.

아슬아슬한 가정경제를 꾸려 가시느라고 얼마나 고생이 많으셨을 까, 이 나이 되고 보니 그 마음 느껴진다. 그리고 우리 모두를 건강 하게 키워주셔서 얼마나 감사한지 모른다.

언젠가 의사인 아들이 제게 큰 병의 가족력이 없이 물려주신 것을 감사드린다고 하길래 순간적으로 깜짝 놀랐다. 나는 우리 부모님께 그런 고마움을 전하지 못했기에 미안한 마음이 들었다. 죄송한 마음과 더불어 그리움과 회한이 더욱 크게 밀려왔다.

　　이외에도 나를 도와주시고 염려해 주신 여러분이 계신다. 무엇보다도 우리 집 안주인 박 권사의 뒷받침을 잊을 수 없고 처가의 부모님이 인생의 징검다리 역할을 해 주셨고 우리 아들들이 나의 힘이었다. 그 외에도 나의 부모 같았던 우리 부산 고모, 그리고 항상 나를 의지하고 신뢰해 준 나의 셋째 동생 등이 나에게 에너지를 주신 분

들인데 이제 이분들에 대해 마음 속 깊이 감사드린다.

앞으로 나의 뿌리와 나를 사랑해 주고 보우해 주었던 울타리는 더욱 풍성하고 유익한 이야기를 남기면서 발전할 것으로 믿으며 우리 가족 이야기를 마무리하고자 한다.

나의 뿌리와 울타리

·

지은이 / 홍승표
발행인 / 김영란
발행처 / **한누리미디어**
디자인 / 지선숙

·

08303, 서울시 구로구 구로중앙로18길 40, 2층(구로동)
전화 / (02)379-4514, 379-4519
Fax / (02)379-4516
E-mail/hannury2003@daum.net

·

신고번호 / 제 25100-2016-000025호
신고연월일 / 2016. 4. 11
등록일 / 1993. 11. 4

·

초판발행일 / 2025년 6월 10일

·

ⓒ 2025 홍승표 Printed in KOREA

·

값 **20,000원**

·

·

ISBN 978-89-7969-900-5   03810